每一天，美一天

包利民——著

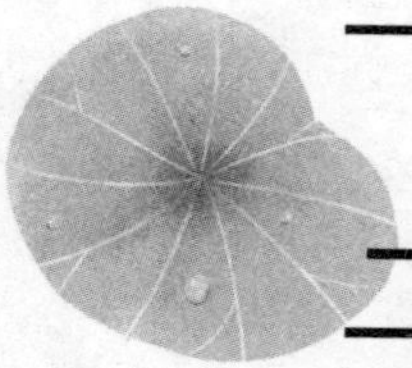

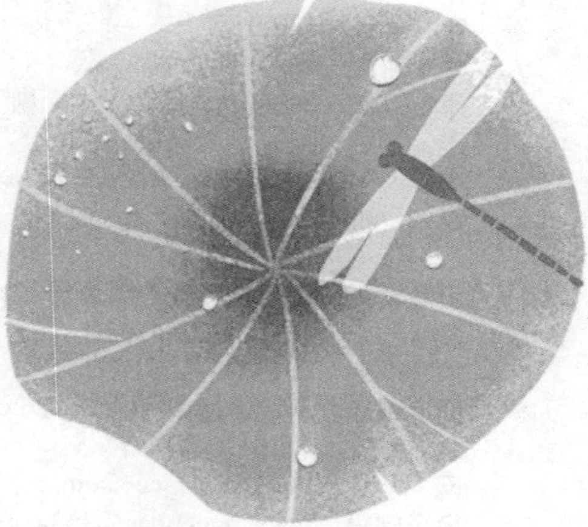

金城出版社
GOLD WALL PRESS
·北京·

图书在版编目（CIP）数据

每一天，美一天 / 包利民著 . —北京：金城出版社有限公司，
2024.3
ISBN 978-7-5155-2126-8

Ⅰ. ①每… Ⅱ. ①包… Ⅲ. ①散文集－中国－当代 Ⅳ. ① I267

中国版本图书馆 CIP 数据核字（2020）第 246988 号

每一天，美一天
MEIYITIAN, MEIYITIAN

作　　者 包利民
责任编辑 丁洪涛
责任校对 高　虹
责任印制 李仕杰
开　　本 700 毫米 ×960 毫米　1/16
印　　张 16.5
字　　数 130 千字
版　　次 2024 年 3 月第 1 版
印　　次 2024 年 3 月第 1 次印刷
印　　刷 天津旭丰源印刷有限公司
书　　号 ISBN 978-7-5155-2126-8
定　　价 45.00 元

出版发行 **金城出版社有限公司** 北京市朝阳区利泽东二路 3 号　邮编：100102
发 行 部 （010）84254364
编 辑 部 （010）84250838
交流邮箱 dinghongtaobooks@126.com
总 编 室 （010）64228516
网　　址 http://www.jccb.com.cn
电子邮箱 jinchengchuban@163.com
法律顾问 北京植德律师事务所　（电话）18911105819

序言

用每一个日子编织美好

我记得那一天。虽然已经很遥远很遥远了，我却一直记得。

二十多年前，秋天，我去学校，最后一批录取通知书里没有我的，便知道，这注定是失落且失败的一天，而且还只刚刚是一个开始。从学校出来，用沉重的脚步丈量这高考失意的路程，天高云淡，就是路很迷茫。一条街一条街地走，伴着凉凉的西风，路边的树上，许多叶子正在飘落。

走到了那一排书摊前，我经常来这里买杂志。我心不在焉地翻看着那些杂志，忽然，在一本杂志的目录里看到了我的名字。我的名字立刻把我所有的心神都拉了回来，急急地翻到内文那一页，果然是我写的一篇，投稿已经很久，久得我都已经忘了。我买了那本杂志，心里涌动着巨大的喜悦，一直走到呼兰河边。坐在那儿，把文章看了一遍又一遍，并对着空旷无人的天地大声朗读。人生的第一篇文章发表在最失意的时刻，是很复杂的一种感受和心情，厚重的落寞中又融进了一种慰藉。

从那时起，我就有了一种感悟，再沉重灰暗的日子，也总会有着让人感动的种种，会让心底的希望生生不息。

那些心情好的日子，即使是风起雨落，入目也是万物含情，于是心与万物相通，处处美好。这样的感受每个人都会有，而且是经常有，比如忽得某个喜讯，出门来见阳光如瀑，见远山如眉，便心生欢喜。总能遇见一河欢笑的水，遇见一树唱歌的鸟，便觉得身畔的生活是如此旖旎，仿佛长风在脸上留下指纹，仿佛花朵在心间留下吻痕。

心情不好的日子也不少，那样的时候，再明媚的阳光也驱不散黑暗，再柔软的月色也点不亮美梦，如果正逢阴云细雨，则更是雪上加霜。我有一次就是这样，看什么都黯然失色，走在长长的街上，长长的风也吹不散心中的烦乱。就那样漫无目的地走，然后我就连着遇见两件很相似的事。

前面不远处，正走着祖孙二人，小女孩背着书包，牵着奶奶的手蹦跳着。忽然她们停下来，奶奶蹲下身，给小女孩系鞋带，小女孩乖乖地站着，用手轻抚着奶奶的头发，阳光下，奶奶白了大半的头发闪着细密的光。那一刻，我的心像被触动了一下，想起自己很小的时候，有太多类似的场景，只是那时从没注意，为我系鞋带之人的白发，是怎样在阳光下闪着爱的光芒。

想起了那些久远的往事，心里的烦躁便消退了很多，觉得不管在怎样的情况怎样的心境中，有一些情感永远都会胜过人间的得失，总能抚慰自己在尘世里浮沉的心。又往前走了一会儿，就到了水上公园，偶尔的转头间，又看到了另一幕。一个白发苍苍的老大娘坐在长椅上，一个中年人正伏下身，给她系鞋带。如果说之前的情景，唤醒的是一种对亲情的回忆，而眼前的所见，则让我有了一种感动或者震动。那可能是一对母子吧，老大娘的眼中依然是慈爱的光亮，仿佛看着的仍是那个趺趺撞撞的小孩。我不知道中年人的心情是怎样，只是我觉得他蹲下来的身影，是此刻世界上最美的形象。

至此，早忘了自己的那些烦心事，心中全是亲人，亲情，爱。也有着满满的惭愧，自责，痛悔。母亲现在垂垂老矣，依然每天惦记着我的一切，可是我却从没为她做过太多的事，哪怕系一次鞋带。所以觉得，有时候我们整天失意失落的，其实是很自私的表现，也是庸人自扰，只要有爱在，就是美好的世界。

所以，当我们处于黯淡的际遇中，看到别人的美好和幸福，不要嫉妒或者感到不平，可以试着为别人高兴一下，也许自己的心境就会悄悄地转变了。人生之中，我们不妨借他人之酒杯，浇自己之块垒。

得意的日子，失意的日子，其实都容易过，而且会过得很精彩。最难过的，是平淡的日子。一种生活过得久了，特别还是那种不喜欢的生活，就会日渐麻木，就会随波逐流。人不怕艰难，就怕习惯。习惯了真是一件可怕的事，它可以把许多本来不喜欢的变成顺其自然理所应当。

我曾在电厂工作了十二年，倒了十年班。实在是不喜欢的生活，甚至可以说是很厌烦的，只是最初的时候身不由己，一脚踏入这扇门，便觉得泥足深陷。我最怕的，并不是在不喜欢的生活里生活，而是在不喜欢的生活里沉沦。往往不喜欢的生活有着一种巨大的惯性和诱惑力，让人觉得那样也挺好，每天和同事们说笑，下班后喝酒、玩儿，一天一天，一年一年，很容易就会被带着走。

所以那时候，我每天都坚持看书，每天都坚持写作。特别是倒班的时候，每个夜班，特别是零点班，被闹铃叫醒后，生不如死的感觉。只是必须挣扎而起，踩着一地星光去上班。后半夜最难熬，别人都坐在那儿闭上眼偷偷睡觉，我却拿出纸笔，开始写，一直写，写到窗外有了微微的亮色，才站起身，走出门，站在室外铁楼梯顶端的平台上，看着东边的群山。看着天光渐亮，看着旭日初升，看着霞光染遍了大地，回想夜里写下的那许多字句，便觉得真是很美好的一天。

日日年年如此，后来，我终于用自己的坚持与努力，打开了一扇可以出去的门，走出不喜欢的生活，走进梦想中的生活。那种充实的感觉，让所有的日子都盎然着欣喜。

真的是，每一天，美一天。

眼睛能遇见美好，心灵能遇见感动，日子就是静美的。我们路过这个人间，得失荣辱都不足道，只有生命的每一天才是最真实的。用心去感受每一天的美，生命自然就会丰盈而无悔。

目录

第一辑 真 给每一朵花起个芳名

当花朵暖映着目光，当记忆重叠着眷恋，唤醒沉睡的热情，拥抱朴素的美好，那么，就给每一个充满希望的今天，起一个温暖的名字。

第二辑

情

深深爱，慢慢行

让脚步在流连的人或事上留下暖暖的印痕，从生到死，从启程到终点，把急急的光阴用轻轻的脚步拉伸成极细长的弦，每一步都奏响着舒缓而无悔的旋律。深深爱，便避开了流离；慢慢行，便追不上遗憾。

第三辑

暖

陪我一起心疼这个人间

岁月如流，年华飞逝，要经过多少沧桑多少曲折，才会明白，心疼就是一种爱。心疼这个世界，就是爱这个人间。只有心还知道疼的时候，才会有着最美好的感受。

第四辑
悟
翻过墙去看河

有些河流一旦离开，便再也回不去，因为我翻不过时光之墙，回去的，也不再是过去的河流。可是，我们依然渴望，在某天夜里，在某个地方，在某堵墙下，水声盈耳，然后，我们丢下一些东西，轻盈地翻过墙，像少年时一般，奔向那片美好。

第五辑

恋

烟火可亲

阳光下的人间，阳光下的村庄，阳光下的家园，风里翻舞的衣裳，眼中流淌的温暖，鸡犬之声起伏，花草笑着，日子静着，这，就是我热爱着的生活。

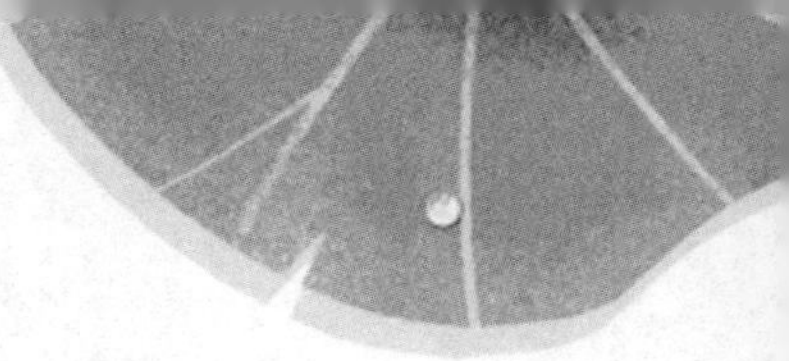

第一辑

真

给每一朵花起个芳名

当花朵暖映着目光，

当记忆重叠着眷恋，

唤醒沉睡的热情，

拥抱朴素的美好，

那么，就给每一个充满希望的今天，

起一个温暖的名字。

光阴触动心弦

很遥远的一年，我在城市的边缘居住，日子不好不坏，就像心情一般，随四时晴雨，算不上麻木也没有波澜。初夏的午后，我看着太阳把一丛花影渐渐移到东墙之上，不觉时光飞逝。东墙下，一个小小的女孩正在出神地看着墙上的什么，阳光把她的影子印在墙上，像凝固的剪影。时间久了，我好奇心起，便也走过去，她竖起食指在嘴间，我忙敛气收声，顺着她的目光望去。

我看到一只小小的蚂蚁，衔着一根不知在何处脱落的细小花蕊，正在慢慢顺着墙往上爬。那根花蕊比它的身子略长些，它已经爬了一米多高，时不时停下休息，花蕊在风里轻轻颤动。然后，它继续向上爬，忽然，花蕊从它口中掉落。女孩轻叹了一声，小声说："第五次了！"

小蚂蚁有着短暂的茫然，然后迅速掉头爬下墙面，转了几圈，找到那根花蕊，衔起，继续往墙上爬。不知高墙的那边有什么在等着它，更不知它嘴里衔着的芬芳，要送到哪里。我和小女孩就站在那儿，看着它的努力。每一次花蕊掉落，都像落在我的心上，有着一种温暖的震动。它又努力了四次，终于慢慢爬上了墙头，我和女孩微笑地看着，阳光和清风送着它和它的芬芳过到了墙的那边。

小小的蚂蚁，细细的花蕊，一次一次拨动着我的心弦，将心上的茧壳片片震落。这样的心动，是源于一种感动，或感动于平凡的力量，或感动于一种直入心灵的执着。我知道，和我一起看着的小女孩，也会有着一种心动，那该是最纯澈的感动，也许在以后岁月中的某一天，曾经的那份心动会化作一种希望和力量。

那便是心动的力量，那样的时刻，软软的感动，会融化厚厚的坚冰。就像一棵草从石板路的缝隙间挤了出来，立刻生动了所有的足音，目光的偶遇，心儿便忽然柔软起来，就像不远处刚刚解冻的河流。

多少心动的时刻，就在光阴里倏然而来，芬芳着彼时的心境。朋友曾对我描述她的那种心动：心，像是静止的一根弦，被拨动了。多美好的拨动，那根无形的手指，该怎样穿透熙攘的世事，穿透烦恼的海洋，穿透心上的铠甲，轻轻拨在心底那根柔软而紧绷的弦上。那样的时刻，那样的心动，便是生命中的最美。

当你凝神于一朵灿烂，时光的脚步轻轻缓缓，就像悄悄移动的花影，柔柔踩过心上，留下暖暖的足痕。心动，总是这样没有预兆地来临，如一场不期然的雨，一下子就落进了灵魂里。有时候，心动，更像心底忽然的花开，张开的花瓣碰触到最柔软的部位，便唤醒了所有的感动。

还有一种心动却是在某个瞬间如风展水，心中那根静静的弦被轻轻拂动，美妙的音符如精灵般飞舞，全化作生命里最美的情愫。就像在读某本书的时候，某个句子便如石子般投入心湖，美好的涟漪层层扩散；或者一朵绽放的笑容，透过眼睛，使心里的坚冰消融，流淌着旧时的眷恋；又或于风尘困顿中，一簇花开便瞬间点亮了心灵。这样的心动，源于共鸣，源于久寒逢暖，源于刹那间看到了希望和信心所在。所以，心动过后，便是力量的复苏，便是激情的重燃。

更多的时候，我们却经常心动于一种魅力或感染力，于物来讲，就像过去的怀念犹存；于人来说，仿佛前尘之缘未了。并没有什么理由的，就这样，在某一刻心动了。觉得心底微微萌动，似乎要唤醒不知封印了多少生多少世的记忆。似曾相识，却又看不分明，朦朦胧胧的心动，就像隔帘看月，阻挡不住那份召唤那份美好。

长长的岁月，急急的光阴，如果把一生中所有心动的时刻连贯起来，把那些因拨动心弦而散落的音符排列起来，该是一首怎样的旋律？或许，像曾经的那只小小蚂蚁般，衔着花蕊不放弃向上攀爬，既有努力，又有馨香，虽有劳累，却有希望，如此，才是最美也最长久的心动。

美好的岁月书签

难得的冬日暖阳，便开始整理书柜。我喜欢把那些书挪来挪去，怕它们也冬眠。在翻弄的过程中，那些情节醒了过来，在心头一一流过。那些生动的故事，曾蕴进我多少的泪和笑，连同那段阅读的时光，都丰盈无比。

从一本书中掉落一枚枫叶，如红色的蝶飘飞。便记起那个秋天，满山去捡红叶，也记起了当时看这本书时的心情。我看书有个习惯，总是随手拿个什么扁扁的东西夹进去当作书签。于是日后重翻时，总能邂逅一些不期然的美好。就像我们回溯走过的那些岁月，总会在一些日子的夹缝里，飘落一种心情，唤醒前前后后好些过往。如果人生，岁月，是一本长长的书，那些藏在其中的某些心情，就是一枚枚提醒我们去感动去幸福的书签吧？

有一本书里，夹着一株小小的四叶草。依然在文字的土壤中碧绿着，凝固着一种鲜活的魅力。记起那个时候，许多的琐碎纷然扰乱着心境，夏天正在消散，秋凉慢慢浸染，天地清明，却反而看不清前路。当时一个朋友在朋友圈里晒采来的四叶草，四叶草是幸运的化身，然而在这极北之地，却没有它们的身影。于是很羡慕和向往，那个朋友知道后，便给我寄了一本书来，里面夹着那株美丽的草。看到它的刹那，有一种暖暖的东西流进我的眼睛，流进心里。或许传说是真的，或许只是决定于一种心情，以后的日子竟真的好起来。

我坐在一堆书中间，仿佛所有的日子都化作一页页模糊的情节，偶尔掉落的思绪便把一些故事映得清晰无比。有一本书里夹着一张扑克牌，是一张黑桃 7。一段时光瞬间亮起，那是我初来这个林区城市的时候，已经过去了十七年。来到这里才发现，竟不是我想要的那种生活。那个时候电厂还没有建成，我们这些大学生每天除了学习一些业务知识，便是许多的空闲。在职工宿舍里，我们经常在一起打扑克牌，或者晚上出去买醉，每一天都似乎是快乐无比，可是夜深的时候，却又觉得空虚无比。明明知道走进了一扇并不喜欢的门，却眼看着自己越走越远，无奈无助，身不由己。

当时正在看一本书，我随手夹了一张黑桃 7 当作书签。因为当时觉得一星期的每一天都是黯淡的，看不到色彩。每次躺在床上翻起书，便会看到那张黑桃 7，便会觉得心狠狠地抽搐一下。终于，当别人围着桌子热火朝天地打扑克，我拉上床帘，捻亮台灯，在稿纸上一笔一笔为自己勾画一个梦想的天地。那样的日子一过就是三年，现在回头想想，也许不够努力，但是我坚持了下来。

我会发现，不同季节读的书，里面的书签都带着季节的特色。秋天的红叶自不必说，还有春天的五瓣丁香，那是和四叶草一样幸运的存在。还有夏天的一串青青而细小果实，不知是什么树上的，还停留在走向成熟的过程中。我也曾试过把一两片雪花夹进书里，可是除了浅浅淡淡的印痕，什么都没有留下。其实，在生活的这本大书里，春花秋月夏雨冬雪，都是最美的书签，氤氲着一段段难忘的过往。

在一本三毛的书里，作为书签的是一小块硬纸板，上面是我曾写下的十个字：耐得住寂寞，抵得住诱惑。思绪飘飞，那时电厂已经建成发电，我工作在运行一线，倒班。每到后夜班，当别人都在悄悄地闭眼睛睡觉的时候，我在纸上奋笔疾书，一直写到曙光映亮了窗户。在日复一日的平凡中，很容易迷茫和懈怠，再加上一些欲望披着梦想的外衣，更是让我彷徨。幸好我依然坚持住了，那些寂寞，那些诱惑，在我埋下头的时候，便都擦肩而过。于是写下这十个字，放在常看的那本书里，每次看的时候，都会走进眼睛，再走进心里。

我的那些美好的岁月书签，串起了我为之坚持和坚守过的所有时光，每一种心情，都洇染着一段经历。在书柜的角落里，放着一本很古老的书，席慕蓉的诗集，以前一直没有注意到。有三十年了吧，那时还在读初中，书里面也是夹着一张纸片，上面的钢笔字已经极淡：问问未来的自己，你后悔吗？你后悔吗？

你后悔吗？我轻声地问着自己，脸上带着微笑，就像窗外洒落的冬日阳光。然后，在心里对自己说，我不后悔！

给每一朵花起个芳名

那时候，住在城市的边缘，一长排的连脊平房，分成许多家，我租住在其中的一个小院落里。由于我一个人住，又疏于打理，除了墙角处两棵土豆花顽强地生长着，周围便显出些寂寥来。

相比之下，东邻的院子就热闹了许多，十只大鹅常常引颈高歌，几只鸡活跃异常，一大早准被吵醒。还有两头一点也不懒惰的白猪，每天都孜孜不倦地拱着土墙，想把我们两个院子连成一片。没事的时候，我就伏在墙头上，看着那满院的精灵们，仿佛看到了时光深处的故园。

最惹人发笑的，是东邻女孩和那些精灵们的对话。她十一二岁的年龄，很伶俐的孩子。她总是和那些禽畜说得热闹，而且，她给每一个都起了名字。那十只白鹅，依次叫大白、二白、三白……起初的时候，我问她到九白之后，还有一个叫什么？她笑着说，当然叫小白了！奇怪的是，那十只鹅在我眼中就是一模一样，她却能分出每一个来，从没把名字张冠李戴过。那两头白猪，居然一个叫老白，一个叫少白，当时没把我笑晕。小鸡们的名字就杂了许多，但也基本没脱了以颜色入名的本色。

夏天的时候，墙下的那两株土豆花打了骨朵，有一个很着急地早早地开了。土豆花并不是马铃薯开的花，而是一种很大很艳的，据说学名叫大丽花。那天我正在院子里观察土豆花，东邻的小姑娘隔着墙看到了，立刻说："太好了！我来给它起个名！"我一想到她家院子里那些精灵的名字，禁不住打了个冷战。果然，她说："这朵这么红，这么大，而且是第一个开的，就叫大红吧！"

我向在微风中轻轻摇曳的大红默哀，并由此想到了马上就要依次绽放的二红三红等，顿觉浑身发冷。幸好隔了一天后，开的是一朵淡紫带红边的，小女孩趴在墙头上看半天，一时没有想出名字。我正庆幸，她忽然拍手欢呼："这朵这么美，就叫大美好了！"我的心里顿时泪飞如雨。那些天，两株花一共开了八朵，于是便依次有了大粉、大蓝、大金、小红、小蓝等。八朵花使一堵墙都生动起来，东邻的女孩每天都要看上一会儿，叫着每一朵的名字。

有一天，她正和八朵花说话的时候，听她叫它们的名字，我忍不住笑得弯了腰。她斜了我一眼，说："知道你笑我把它们的名字起得不好，可是，这只是小名，还没告诉你它们的大名呢！"

我好奇心起，问："还有大名？那大红的大名叫什么？"

她骄傲地说："它当然要跟我的姓，姓叶，叫叶初红！"

还真有些点石成金的味道，于是花儿们便有了自己的姓名，叶初粉、叶初蓝，到了大金的时候，她犹豫了一下，就成了叶初阳，说是像阳光色。我觉得小红总不能也叫叶初红吧，她想了半天，说是叫叶初暖，红色给人暖暖的感觉。似乎一下子打开了思路找到了感觉，小蓝成了叶初晴，小香成了叶初芳。最后开的那朵花最小，茎也细，当初她叫它小弱，我说叫叶初弱也可以的，她却摇头。看着小弱在风里摇摆得最厉害，她终于笑了："对，就叫它叶初摇吧！怎么样？我的名字起得好吗？"

秋天的时候，土豆花枯萎凋残，邻家的小姑娘竟然哭了。每次她家杀鸡杀鹅，她哭还能理解。可是这么小的孩子就为花落而悲伤，多愁善感得太早些了吧。她却抽抽搭搭地说："我最喜欢叶初摇，它那么瘦弱，天天在风里跳舞，怎么会第一个就死了！”

我给她讲，明年，它们还会再开出来的啊，可能会变个颜色变个样子。渐渐地，她开心起来：“明年不管开多少朵，一定还要让我起名字，好不好？”和她拉了勾，她才高兴地回家去。

可是冬天的时候，我就离开那个城市。第二年的夏天，也不知墙角的两棵土豆花开出了几朵，更不知那些遥远的花朵拥有了怎样的芳名。此后辗辗转转，时间和空间不断地变换，心上蒙了尘起了茧，很少再有情趣去看花开。偶尔会想起当年那个给花儿起名的女孩，快二十年过去，不知是否还有着那样一颗清澈而充满童趣的心。有时候会一时兴起，也想着给看到的美好事物起个名字，却是心里索然，回想起曾经的大白二白老白少白，都觉得有着当初不曾发现的美，可是当时我却还那样地嘲笑。现在想来，有着一种失落和悲哀。

可是有一天，一个陌生的电话，却听到了熟悉的记忆：“老师，我想给你的新书改个名字，不叫大白二白，也不叫初晴初暖，你猜我会起什么名字呢？”

隔着遥远的时空，我从已经改变了的声音里听到了没有改变的心，依然纯澈欲滴，在那个瞬间，心中涌动着一种温暖，就像是有什么期待的东西要破土而出。忽然，就很想像当年的那个小女孩一般，给所有喜爱的事物，都起一个芬芳的名字。

窗外一丛美丽的花忽然映进眼睛，重叠着记忆中的眷恋，也唤醒着那些沉睡已久的热情，那些朴素的美好，将所有虚华的欲望洗尽。那么，我就给窗外的花，给每一个充满希望的今天，起一个温暖的名字。

东风里游泳的鱼

一到晚春，大风浩荡，如天地间奔涌的水。一个孩子奔跑在记忆中，像无忧无虑的鱼。她就迎风跑着，总是一不小心就跑进我的梦里。

如果是梦，便有二十年未醒。那个梦境般的村庄，总是让我在世事的沧桑中每一回首，便让心灵有了静静的港湾。那个小小的女孩，小名叫柳根儿。每天清晨都会跑过我的窗前，跑向春天的原野。留下一路轻快的脚步声，惊醒了路边那些花儿草儿。

即使在课堂上，柳根儿安静地坐着，心思却也是灵动无比，总能说出一些让人瞬间神飞的话来。比如有一次的口头作文，她便拟了一个很奇特的标题，《天上的大海》。大家都很不解，于是听她说她的作文。她说，每当阴云密布，在天上翻涌，像极了大海上的波涛。而且，乌云是带着雨的，也同样是水，所以说是大海也很贴切。

我们都为柳根儿的想象力赞叹，似乎很多互不搭边的事，她都能联系到一起。我记得第一次给他们上课，让大家先默读课文。同学们都拿着书认真地读，她也是。我在课桌间的过道上来回走着，走过她身边时，忽然发现，她的语文书都拿反了，可是神情却是像真的在读。于是我问她："你把书拿反了知道吗？"她抬头："知道啊，我故意的！"

我很是疑惑，同学们也都看着她笑，她站起来说："老师，新书发回来不到一个月，我就能把所有课文背下来了，生字生词也全都知道是什么意思了，中心思想啥的也琢磨得差不多了。所以，好像没啥可看的了，如果不反着拿着看，还真觉得没啥意思了！"

由于心里不信，便随意拿着书考了考，柳根儿竟还真的全背下来了。放学时我把她叫到办公室，把带来的一本书拿给她看，那是《汤姆·索亚历险记》，她立刻欢呼雀跃。她是班上最能跑也最愿意跑的孩子，她总说，她是在东风里游泳的鱼。后来，我才知道"柳根儿"是当地产的一种鱼。每当东风起，春水涌，万物蓬勃之时，它们就会在水里畅游。

我以为柳根儿是喜欢春天，喜欢在春风里奔跑，喜欢在头脑中天马行空。可是第二年春天的时候，清晨的窗前再也看不到她奔跑的身影。上课时也沉默了许多，不再发表那些奇思怪论。有一天中午，我看她在校园里自己漫步，春风依然涌动，她的脸上却有着些许沉重。我走上前，问："早晨怎么看不到你跑步了？"

她反问："老师，你知道我那时为什么天天早晨跑步吗？"

我愕然："不是因为你喜欢在东风里跑步吗？你不是说，你是在风里游泳的鱼吗？"

她有些无奈地笑："老师，哪有在风里游泳的鱼呢？我那时每天早晨跑到甸子上，是去采一种野菜！"

那是当地一种叫"葫芦根儿"的野菜，据说对于治疗咳嗽有奇效，特别是早晨带露的，拿回去直接泡水喝，能治肺病。柳根儿每天早晨，就是为了去采新鲜的带露的葫芦根儿，回去给她妈妈泡水喝。她妈妈长年卧病，咳得极为厉害，自从她弄回来葫芦根儿，好像效果还不错。所以每天，她都要跑到甸子上去，抓紧时间找，回来后给母亲泡好，再去上学。

柳根儿目光投向远远的野甸，东风在那里长长地流淌，依然万物生长一片生机，她说："去年夏天，我妈妈就没了，所以，今年春天不用往甸子上跑了！"

我轻抚她的头发："你的想法不是很多吗？刚才怎么又说没有在风里游泳的鱼呢？"

她看着长长的风吹过围墙边的老杨树，说："鱼真的能在风里游泳吗？我虽然叫柳根儿，可我不是鱼啊！"

我说："一定能的，你要多想想，就会想到！提醒你一下，你不是把语文书都背下来了吗？"

柳根儿眼中亮了一下，飞跑回教室。

果然，上完关于放风筝的那一课后，她兴奋地来找我，非让我和她一起做个鱼的风筝。我对于制作风筝是一窍不通，那个时候又没有什么网络可以查找方法步骤，我们两个摸索了几天之后，却是一再失败。后来听说村里有个老人早年间曾经做过风筝，柳根儿便带我上门求教，终于把这个鲤鱼的风筝鼓捣了出来。不过我们心里都没底，不知它能不能乘风上天。

和同学们一起放风筝的过程也是磕磕绊绊失败多次，最后大家都快失去兴致时，它终于摇摇晃晃地飞起来了，在我们惊喜的目光中越飞越高。那个上午，那条鱼游在蓝天下，游在长风里，游在我们的仰望中。柳根儿高兴地跳着笑着，最后哭了，哭得泪如雨下。她拉着我的手，说："老师，我以后也要游在风里！"

春天还没有过去，我就离开了那里。一直没有再回去过，那么多光阴就这么流走了，那个小小的女孩，越来越遥远，远得只能在梦里看见。

前两年的时候，也是春天，她居然在网上找到我，她只是试着搜我的名字，便轻易地联系上我。她发来照片，和女儿一起放风筝的，依然是她们自己做的鲤鱼风筝。在一个很遥远的城市，她给女儿讲，她像女儿那般大的时候，有个老师为了不让她长久地沉浸于母亲去世的伤心之中，用她曾说过的“在东风里游泳的鱼”为缘由，和她一起做鲤鱼风筝，让她从痛苦中解脱出来。

看着照片中她温暖的笑容，看着那个酷似她的女儿，我的心里也柔柔地充满了感动。我知道，当年的小小鱼儿，不仅游出了一片海，更在长长的东风里游出了一片天，游出了春暖花开，希望葱茏。

因为捡到，所以珍惜

她是捡来的孩子。当年，在河边的小树林里，年轻的夫妇看到被遗弃的她，当时她不哭不闹，反而对他们露出了笑容。于是，她被捡回家，继续美丽的生命。

可是当渐渐地懂事，她从小伙伴们的言语中，从别人的悄悄议论里，便知道自己是被捡来的。她很爱自己的父母，她多希望自己和别的孩子一样，是父母亲生的。所以快乐的她，总是有着刹那的伤神和伤心。

回忆往事，她说："那个时候，我并没有什么太多的想法，也没有太长时间的难过，父母很爱我，我也爱他们，我就是会偶尔觉得不是最完美。看着别人家的孩子长得像爸爸或妈妈，而我却和父母没有一点相像之处，便觉得是最大的遗憾。"

上初中的时候，有一次课间，老师和大家闲聊，说起捡东西的事。于是同学们纷纷回忆自己都捡过什么东西，她对"捡"这个字特别敏感，便默默在一旁听着，无表情，或机械地笑。然后，大家说到"捡来的东西一般不会去珍惜"这一话题上，她很是不以为然。因为她觉得，自己的生命，自己的生活，都是捡来的，自然会去好好珍惜，好好爱。

老师终于注意到她，便问她，有没有捡过什么特别的东西。她一愣，顺嘴说："我是被爸妈从河边捡回来的！"同学们都笑，虽然并不一定是恶意的笑，可向来开朗的她，却依然低下了头，心里很沉重。

在成长的岁月中，她永远记得那个课间的一幕。

后来，她去县城里读高中，住校，离家前，父母和她好好谈了一次。说到她的身世，坦言她是他们从河边捡回来的。当听到父母亲口这么说，虽然早已明了，也早已放下，心里却依然有了微微的失落，甚至孤单。可是懂事的她，却笑着说："我早知道了啊，谢谢爸爸妈妈把我捡回来，让我能继续活下去，而且活得这么幸福！"可接下来，父亲的讲述，却让她心里所有的失落和孤单都变成了感动和快乐。

那个时候，父母正处于一生中最阴暗的时期。虽然倾尽积蓄并借了很多钱，去包了许多的田地，却在丰收在望时，一场自然灾害使得一切都成了泡影，于是便到了穷途末路。每一天都债主盈门，生活的无望，使得他们厌倦了生命。本来想携手投河，却在那个时候，与她相遇。她当时的笑脸，一下子就点燃了他们心底所有的希望和美好，他们觉得她是上天派来挽救他们的。

父亲说："其实是你让我们能继续活下去，而且活得这么幸福！"

她泪流满面，再次想起了老师的话。

她问我："初中时那次讨论捡东西的事，我说我是被父母从河边捡回来的，当时大家都笑，你知道后来发生了什么吗？"

我摇头。她目光柔软，仿佛触摸着光阴里所有的感动。

她当时说了那句话后，同学们都笑，老师也笑。笑过后，老师细细地看着她，就像是第一次见到她，然后老师说："你真是比我们幸运得太多了呢！我们捡到的东西，再珍贵，也都不是不可替代的，也都不是无价的。而你，却捡到了你的父母，这是多大的幸运和幸福啊！"

大家都鼓掌，那一刻，她的心底就像起了天风海雨，把所有的芥蒂都吹去无踪，把所有的遗憾都洗去无痕。

她眼中闪着幸福的光芒，笑着对我说：“我多幸运幸福，父母捡到了我，我也捡到了我的父母，然后我们的生活都完整而完美，所以，我们都会去好好珍惜！”

隔着七月的阳光和长风，我感受到了她心底无边无际的美好。珍惜每一次的捡到和遇到，生活便会如花绽放，美丽着所有的心情。

雨霁生虹

偶然步入一条小街，两旁都是很古朴的店面，人车极少，尘世的熙攘仿佛一下子被隔断。就像走在多年前的小城，一不小心就会与回忆相遇。忽然就发现了一个小小的店子，一时之间竟不知是卖什么的。

门顶的牌匾上，是四个隶书大字：雨霁生虹。停住脚步，凝望良久，终于从窗上贴着的字迹中明白，这是一间小小的书店。于是欣然而入，里面却是别有洞天，一排排的书架整齐地排列，空气中氤氲着淡淡书香。一个顾客都没有，我徜徉在书海中，看着那些书的绽放。书们并没有分门别类，似乎一运来就随意摆放，等待一双双有缘的眼睛。

来来回回看了半个小时，终于挑了一本《人间词话》，薄薄的册子，复古的封面很是让人神飞。门口处有一张桌子，一个二十岁左右的大男孩正伏案边看边写。我站在那儿看了半天，他看的是《菜根谭》，在本子上不停地摘抄，字迹或工整或潦草，他沉浸在自己的读写之中。当他写完一段，抬头时才发现我，立刻略带羞涩地笑了下，然后收款，并没有说一句话。

回去后我一直在想，这样一个小书店，这样安静的大男孩，在城市里如世外桃源般。曾经我的梦想就是开一间小书店，每日里看书写字，让日子悠然而充满情趣。忽然想起，这个男孩有可能是个残疾人，也许是聋哑人，否则他怎么一直没有发现我在身边，而且始终一言不发，只是微笑。若是这样，当是一个很美好的故事。

结果第二次去时就打破了我的猜想。依然没有什么人，大男孩也依然在那儿看书写字，桌上的电脑已经进入屏幕保护状态。再次挑了一本《绘图千家诗》，这次他并没有入神，而是对我说 :“这本书，店里有两种版本，还有一种是竖版印刷的，我找给你！”

拿来一看，果然是我更喜欢的，便道谢，他说 :“我记得你上次选了本挺古朴风格的，想着你会喜欢这个版本！”很细心的人呢，问他买书的人多吗？他依然笑 :“很少有人进店来，现在看书的人少，都在手机上看了，不过我也有在网上卖的，还能维持下去！”

第三次去时，已是深秋，那条小街上铺满落叶。想起那个大男孩，为自己以前误认为他是残疾人而好笑。这次进去没有扑向书架，而是随意坐在他身边，他还在看书写字，这次换了本书，是《小窗幽记》。见我，他还是笑，便闲聊。我一听，竟是没什么故事。他一直上学，直到没有考上大学，也不愿出去打工找工作，便开了这间小书店，还不到一年的时间。虽然顾客不多，幸好是自家的门市房，加上在网上也卖得不错，算下来维持生活还是足够。于是就安下心来，每天重复的内容对他来说，却永远不会厌倦。问他以后，他说就这样挺好的啊，安安静静，平平稳稳。

说完闲话，我问 :“你可以帮我选些书吗？我看你挺了解我的喜好的，省得我自己费力找，你的书摆得很乱！”他说 :“我故意没分类，这样看时会觉得内容很丰富。”

他慢慢地走在书架间，像是怕惊醒沉睡的书。忽然觉得这样的生活真的很好，真是自己当初的梦想。可是我却走上了另外一条路，所以此刻只有羡慕。他找来的几本果然是我想要的，中国古代典籍，且都是古香古色。对这个没有故事的大男孩好感更多，很有些恋恋不舍地离开了书店。

这个城市冬天来得早，十月份下过一场小雪后，我又走进“雨霁生虹”。这次我想到了问这个书店店名的由来，他说：“就是我想出来的一个词，反正能看出是书店的，都会是这里的常客，就像你一样！”他的脸红了一下，说：“那四个字是我自己写的！”

我赶紧跑出门，细看那四个隶书大字，蚕头雁尾，静然端正，就像这个略有些腼腆的大男孩一般。

没有麻烦他选书，我一排排书架浏览，他坐在那儿看书，纸上却没有写几个字。忽然我惊奇地发现，这里竟然有我的一本书。便拿着到了他面前，开玩笑地说：“我觉得这本才是最好的！”说完便不停地笑，他接过书翻开看了看，也跟着笑。我问他笑什么，他好容易止住笑，说：“你这是自卖自夸，这上面有你的照片！”我指着他：“你是卖书的好不好？本来应该由你来夸，还得麻烦我这个作者！”

我们两个正笑个不停，门呼地被推开，一个穿红羽绒服的女孩带着寒气走了进来。大男孩立刻止住了笑，女孩抱着一摞书，堆在桌子上。我一看两人似乎认识，便赶紧走进书架深处。两个人低低地说着话，却像是在争吵，偶尔听到一句半句，女孩说把书都还给你，然后又是一阵低语，可是氛围却是沉重无比。终于，女孩走了，一下子安静下来。我偷眼望去，大男孩呆坐在那里，脸上似喜似悲，很复杂的一种神情。

过了一会儿，听见声响，我走过去，他已铺开一张宣纸，研好墨，拿着毛笔一笔一画地写。他反反复复地写着两句：人似秋鸿来有信，事如春梦了无痕。写了多遍之后，他的神情终于恢复了往日的宁静。放下笔，冲我不好意思地笑。我心里却有些欣慰，这个可爱的大男孩，还是有着故事的呢！

收款时，他忽然没头没尾地说：“当初没能上大学，很多人为我惋惜。可是我知道，即使我上了大学，毕业后也是要开一个这样的小书店的，这是我一直以来梦想的事。所以没能上大学，并没有损失什么，反而让我提前过上了想要的生活！”

我说 ：“我原来也有一个这样的梦想！”

当我再次走上这条小街时，已是转年春末，半年的时间一直忙忙碌碌，竟是无暇来这间“雨霁生虹”书店。而眼前却是让我心惊的一幕，小街两侧的店面都已推倒，工地上热火朝天尘土飞扬，那个留恋着的小书店，已湮没其中不可辨寻。心中空空无所依，一直呆立在那儿。

后来看见街口有看热闹的人，便去询问，说有一家小书店叫雨霁生虹，店主是一个很安静的大男孩，不知现在搬到哪里去了。立刻有个大叔知道，告诉我说，那个大男孩在房子拆迁之后，随父母去了别的城市，具体不知哪里，不过那个大男孩说还要继续开书店。

心里充满了失落和遗憾，当初，竟然连个联系方式都没交换。说起大男孩，那个大叔了解很多，很是惋惜的神情。原来，他学习本来极优秀，却是在高考前一场大祸，失去了一条腿，也错过了高考。刹那间，回想以往的情景，终于明白他为什么一直是缓慢地行走，因为他有一条腿是义肢。没想到，我最初的猜想最终还是正确的。

不过并没有感伤，不管在哪个城市哪条街，这个大男孩都会安静地看书写字，守着满室书香。他还会有着自己的故事，也许平平淡淡，却隽永悠长，就像他的时光他的岁月。他的心中雨过虹生，独自美着，像他脸上略带着羞涩的笑。

清晨的一杯蓝天

正百无聊赖，一个朋友忽然发来消息，问我是否记得小学时的一堂课。三十年的流逝，我在记忆中搜寻着那些点滴片段，隐约看到了曾经清澈的一片蓝。

我记得那是一堂自然课，老师给我们讲解天空为什么是蓝的还是海水为什么是蓝的，反正具体已经记不清。当时她让我们回去做一个试验，晚上把一杯水放在外面的窗台上，早晨太阳刚升起时，那杯水就会变成蓝色。三十年前的乡下，懵懂的儿童，新奇的试验，第二天早晨的一杯蓝色，穿透了岁月的尘埃，依然点亮了回望的目光。

当回想起这一切，依然有着那种期盼的心情。在曾经的那个夜里，想着外面窗台上的一杯水，想着清晨时，它怎样悄悄变幻了颜色。现在想来，在夜色中，它也曾盛装过满天的星光月色，也盛装过我的梦。而现在，多少年的风尘袭染，早没了那么澄澈的渴盼，也没有了那么清纯的希望。就像怎样的奔波都不是通向曾经的梦想，就像怎样的努力都拖着欲望的影子。一步步丢失，丢掉了许多不会再来的美好。

于是这个夜里，依然是一杯水放在外面的窗台上，带着儿时的期盼。

可是醒来时的清晨，却没有了那么清爽的蓝，反而落了不少的尘埃。也许回不去的，不只是我，还有这个世界。是啊，想想看，曾经多少朴素的梦想，都失落于世事的尘埃中，我们茫茫然向前走着，自己都不知走向哪里。

想起初中时的一个老师，那时我已经搬进了城里，她上课时经常说的一句话就是："是不是心里又长草了？"是啊，在曾经的课堂上，我们多少次想着自由而欢乐的事，让心悄悄飞向不知何处。后来，这个老师就调走了，她走之前，对我们说："记住你们心里长的草，也许以后你们会发现，那才是你们最为珍贵的东西！"

而现在重新回忆起曾经的课堂，那些曾经游走的心思，竟真的是最珍贵的种种。比如想着去河边的草地上无忧无虑地踢球，比如想着约几个同学骑着自行车去一个水库的边上，比如想着午间和别人去河里游泳……这些多年前的想法，放在如今，依然是极难完成的事情，或是没有时间，或是没有心情。却无疑是最珍贵的，就算真的去了做了，也不会有最初的心境。

春天的时候，一些同学相约去河边踢球，事先说好什么烦恼事都丢掉，就像上学时一样踢个痛快。于是我们都把生活的琐碎与生命的繁杂暂时摒弃，一群中年人奔跑在草地上，汗水和岁月在身后落了一地。然后累了，躺在草地上，看着蓝天，听着耳畔的虫鸣，一时忘了年龄，仿佛回到了曾经的无忧岁月。

忽然觉得，虽然时光已经重叠了烦恼，可是我们依然可以找到一片不曾被侵染的纯净。或者说，先自清空了心底的烦扰，身前身后便都是最清新入眼入心的风景。就像掸去光阴的尘，生命便清澈得可以洗亮世界的污浊。就算疲惫过去，就算回去的时候，等着我们的依然是汹涌而来的日月流年，有了那样一个轻松的时日，也是一个缓冲，一片留白，一种休憩。就像上课时，偶然心中闪过的念头，连缀着所有美丽的时光。

所以，当有同学在群里开始呼吁去踢球时，大家纷纷响应。我知道，我们都想一次次重温那种感觉，那种怡然。就像把失去的重新拾起，哪怕只是拾起曾经的心情，也是生命给我们的弥足珍贵的馈赠。

是啊，那么多的美好，依然还在等着我们去采撷，从不曾消逝。就像少年时，课堂上我们心底悄悄长出的那一簇美丽的青草；就像儿童时，清晨窗台上那一杯眷恋的蓝天。

不想做最小的孩子

以前上学的时候，同学间总是互相打听家里有几个兄弟姐妹，作为家里最小的孩子，我很羡慕那些当哥哥姐姐的同学。可他们却还羡慕我，说当弟弟多好，受宠。其实，如果我有弟弟或者妹妹多好，哪怕我宠他们让他们也乐意。

班上有个女生，她从小就体弱多病，所以更是格外受宠爱，哥哥姐姐都呵护她，她每一天都很幸福。每当我一说要当哥哥，她都会是一副很不理解的神情，说我身在福中不知福，有人宠着多好。有时我会开玩笑地说，要不你给我当妹妹吧，我也了结了心愿，你也多个人宠你。她会大大的白眼飞过来，恨铁不成钢的样子。

热热闹闹的家庭，随着那个年代的远去而冷清下来。独生子女们再也没有互相羡慕的理由，孤独地幸福着。以前有个和我学作文的小女孩，她是很难得的有个哥哥，哥哥比她大六岁。同学们极为羡慕，特别是女生，有个哥哥好多，而且是帅帅的哥哥。有男生欺负，可以找哥哥出面，挽着哥哥有力的臂膀，多有安全感！

她也是如此幸福了好几年，后来，有一天她就和我说："老师，我不想做最小的孩子了！”

我想起了自己的学生时代，也是同样的想法，便问：“你也想有个弟弟或妹妹？想要爱他们保护他们？”

她摇头，沉默不语，脸上有着与年龄不相符的沉重和落寞。

去年的时候，回到家乡，参加了一个同学聚会，见到当年体弱多病的那个女生。她见面竟说：“当年你是对的，但你的理由不一定是对的！”

见我云里雾里，她说：“我现在，越来越不想当家里最小的孩子了，并不是想要弟弟妹妹，我就是不想当了！”

我说：“最小的孩子多幸福，有人宠着，没人争宠，多好！”

她叹息：“可是，哥哥姐姐的有些宠是与生俱来，我是永远也争不来的！”

当时她是同样沉重而落寞的神情，我却不知她真正的答案。直到看见眼前这个小小女孩的心事，才又重新在心里想着她们的原因。我想到了自己，想到了年迈的母亲，想到了去世的父亲，想到了两个姐姐。忽然，心头一震，终于想到了，竟是涌起巨大的难过。当年的女同学，现在的小女孩，她俩的心思定是相同的，只是，我比当年的同学明白得更晚。

小小女孩说：“有一天我忽然想到，如果以后哪天爸爸妈妈不在了，哥哥就比我和爸爸妈妈多在一起六年！不当最小的孩子，就可以和爸爸妈妈在一起的时间更长些，多好，多好啊！真是嫉妒死哥哥了！”

这就是我那个女同学所说的，哥哥姐姐与生俱来的宠，我们最小的孩子，真的永远也争不来。一生之中，与父母同在的时光有多长多久？每一天都是被爱围绕着的，哪怕多出一天，也是最幸福的日子。想想我的姐姐们，她们比我多出了几年的时间，那是一片多么大的幸福之海啊！

与父母同在的时光，是我们前半生和父母后半生的交织，多想那段岁月长些，再长些，让那份幸福漫流得更远。如果来生，你们依然是我的父母，我真的不想做最小的孩子了，让我陪你们久些，再久些，让那份爱爱得更深。

建在月亮底下的房子

在等着放学的时候，三个小女孩站在幼儿园的活动场上热烈讨论着。

“芸芸，我也想要一个月亮底下的房子，打开窗，伸手就能摸到月亮，你说好不好？”

“当然好啊，我回去就和爸爸妈妈说，让他们给我在月亮底下盖一个小房子，我就可以在月光下听妈妈讲故事啦！伊伊，你呢？想不想要这样一个房子？”

“我肯定想要，我和晴晴想的差不多，我也想坐在窗台上，和月亮说话！”

她们都笑。她们三个都住在城市边缘的平房里，平时也最好，经常在一起交流一些有意思的想法。这个时候，老师让排队，家长已经在门口等着了。

晚上的时候，晴晴写完作业，很郑重地对爸爸妈妈说：“爸爸妈妈，我有一个想法，我想要一个在月亮底下的房子！”

爸爸很夸张地惊喜道：“哇！好棒啊，快来说说，那个房子应该是什么样的？”

“嗯，我也没想好是什么样，反正晚上的时候，我推开窗户，能看到月亮就好！”

妈妈看了一下日历，说：“好，宝贝，等过几天就会有的！”

“真的吗？”

“真的！”

在同一时间，芸芸也向爸爸妈妈提出了同样的要求。爸爸妈妈也是非常惊喜，连连夸奖芸芸这个想法特别好，问她对房子的要求。

芸芸说：“大小都没事，反正是在月亮底下就行！”

于是爸爸妈妈和她约定，过几天，就准备建一个这样的房子。

几天之后的一个夜里，晴晴都已经睡着了，忽然被妈妈摇醒，她迷迷糊糊地问：“妈妈，我困得厉害呢，有什么事啊？”

妈妈食指竖在唇上，悄悄地拉起她，在黑暗中把她带到窗前，拉开窗帘，抱她坐在窗台上。晴晴的睡意立刻被涌进来的月光清洗得无影无踪，她睁大了眼睛，看着窗外那一轮又大又圆的月亮，感觉它离自己那么近，仿佛就挂在檐下。一时之间，她惊喜得呆住了。

妈妈说：“我们的房子就建在月亮底下呢！怎么样？好看吗？”

“妈妈，可是以前我怎么没发现呢？月亮原来就挂在咱们家房檐下！”

“那是以前你没有注意到，而且，并不是每天晚上都有月亮，这么圆的月亮，一个月也就两三天的时候有！”

晴晴伸出手，想去碰触月亮的脸，却只接到了一手皎洁的月光。她开心地笑，心里满溢着的幸福，就像这充满天地间的月光。原来，自己的家，就是月亮底下的房子，真好。

也是在这个夜里，芸芸也在月光里幸福着。

芸芸是在快要睡着的时候，被妈妈叫起来的。她跟着妈妈来到院子里，看见一个帐篷已经搭好了。这还是去年夏天，他们一家去江边游玩时用的。妈妈带她钻进帐篷，搂着她躺下来。帐篷顶上的天窗已经掀开，月亮就在头顶，一丝夜云都没有，那么明亮，那么安静。

妈妈告诉她："这是你爸爸给你建的房子，在月亮底下吧？是不是很美呢？"

芸芸心里充满了温暖。妈妈就这样搂着她，在月亮底下，在美好的房子里，给她讲关于月亮的神话。

第二天，在幼儿园里，她们三个在自由活动时又聚在一起。晴晴先讲了她昨夜看到的月亮，然后芸芸也讲了自己那个美丽的房子，心里的幸福都流淌了出来。而伊伊却静静地听着，眼睛里全是羡慕，还有淡淡的失落。

她俩问她，有没有建成月亮底下的房子，她小声说："那天回去，我就和爸爸妈妈说了。爸爸根本没有理我，妈妈把我训了，说大人累了一天，小孩子赶紧去睡觉，别胡思乱想地瞎闹！"

十年过去了，三个小女孩已经长成了少女。晴晴和芸芸一直开朗乐观，心里相信世间所有的美好，她俩总是敢做一些别人想不到的梦，敢去做别人没有想到的事。而伊伊，却越发沉默，她觉得，自己永远也不会住进那个美丽的房子，永远不能和美丽的月亮说说话。

我没有过那样童话般的梦，也许很多人都不曾有过。可是，在平淡中长大的我们，是否曾经给过孩子那样的一个梦，是否为了孩子的一个想法，而准备一轮圆圆的月亮，柔柔地照耀他们的成长之路？

不要把孩子的幻想无情地拆解成满心的废墟，也不要于不经意间，关上孩子心底那扇向往童话的窗。在孩子的心底，建一所月亮下如梦幻般的房子，便会为孩子收藏一生的美好。

声音的翼翅

去一个城市参加活动，演讲结束后，是一个签名的环节。除了一些成年读者，便都是中学生，纷纷拿着我的书来找我签名。偶然抬头，看到在人群之外，一个二十多岁的女子徘徊着，似乎在犹疑着要不要挤进人群。还没等细看，我的目光就被别人阻断了。

签完最后一个读者的书，我甩了甩发麻的手，刚想站起身，就看到那个女子慢慢地走过来。她低声问了句好，把一本书放在我的面前。那并不是我的任何一本书，而是一本《读者》杂志，2002 年的某一期，已经很陈旧。她翻开杂志，在某一页上，我看到了自己的一篇极短的文章——《最美的声音》。

便有了刹那的恍惚。那一年，正是我写作最艰难的时候，而那篇文章，也是我被《读者》转载的第一篇。想起曾经无数个长夜里的执着，便惊觉时光的流逝。我低头在杂志的首页上签了名字，她依然用很小的声音道了谢，匆匆离去。

吃过午饭，由于下午还有一场演讲，我便在图书馆外面的小型园林里散步。然后，我又看到了那个女子。她就在门口处，似乎在等我。走过去主动问候，她微笑，很大方地说话，和上午时就像两个人。

坐在树荫下的长木椅上，七月的阳光在身前身后的不远处洒落。她从包里拿出一个很古老的塑料皮日记本，让我签名。我翻开一看，里面全是摘抄的我的文章，有的字迹已经有些模糊，像时光的水印。她给我讲她的过往，满树的叶子也沉默着倾听。

她指着远方朦胧着的山影，说她的老家就在那些山的深处，一个小小的镇子，比我文章里写的一些地方还要落后些。那里的很多孩子，一般都读完小学就开始干活了，特别是女孩子，上过学的并不多。2003年，她读六年级，当时就快要毕业了，也要像别人那样帮家里干活。

她说："要不是偶然看到那本《读者》杂志，我想我的命运会和那里许多女孩子一样。"

那本杂志是一个远方的亲戚来串门时带来的，她如获至宝，每天都看，反复读了不知多少遍。特别是我的那篇小短文，让她浮想联翩，她没有想到，四五百字的文章，竟然可以蕴含着那么多的感动。她也喜欢写些东西，当成闲时的乐趣。从那时起，她忽然强烈地想要继续上学。于是她先说通了母亲，毕竟母亲还是上过学的。可是父亲却骂了她，历数着家里的艰难。她其实是很怕父亲的，父亲脾气暴躁，经常打得哥哥好几天起不来床。母亲去劝父亲，最后，她终于如愿以偿，继续背起了书包。

她告诉我，她能继续上学，是母亲用挨了两次打换来的。父亲经常打母亲，已成了习惯。

中学里有个小小的阅览室，也有一些期刊报纸。闲暇时她就去看，有时遇到我的文章，让她感动的，她就抄下来，抄在一个塑料皮日记本里。晚上的时候，她经常给父母读文章，母亲听得津津有味，父亲开始是骂咧咧的，后来她读的时候，便也不作声了。有一次，她看到我写的一篇《妈妈的眼泪在开花》，是关于爸爸打妈妈的故事。她抄回去给父母读，于是母亲的眼泪也淌下来，父亲沉默。

她兴奋地说："没想到，那以后，我爸再没打过我妈！我把你写的亲情类的文章经常给他们读，我爸有时会让我把其中的某个地方再读一遍。”

父亲一直在一个采石场工作，当时基本都是人工开采，劳累，而且危险。有一天，父亲放弃了那份工作，用手推车推了好几车石料回来。石料粗精皆有，父亲把它们放在院子里。然后又从母亲的裤腰里，翻出这几年攒下的钱，去县里买了一些工具回来。他说他有一次去县城，看到一些用石头雕的东西很好卖，各种大小的碑，各种大小的石动物，他说他也要试试，他年轻时曾经和一个人学过几天石雕。

她问父亲为什么要这么做，父亲说了一句让她泪水长流的话：“我要多挣点钱，供你上高中，再上大学！”

每天在家的时候，她的耳畔都响着丁丁当当的声音，或者簌簌的细细打磨的声音。这些声音伴随了她好几年的岁月，镇上有高中，不用住校，所以她很庆幸没有离开父亲的声音。那些声音入心入梦，点点滴滴地在她生命中蓄积着感动和温暖。父亲累了的时候，会让她读上一篇文章。她知道，父亲的心底也是有梦想的，就是把那些冰冷坚硬的石头变成有生命的东西。

我说：“是你读书的声音，重新接续上了父亲折翼了的梦想，而且，你也是他心中的梦想！”

她的目光在阳光下飞向遥远的群山：“可是，是你文章中的声音给了我一双翅膀，让我飞出了大山，却也离开父母。虽然难过，可是爸爸妈妈很高兴我能在这个大城市里生活。”

她没有说后来的生活，可是我却想到了很多，心底除了感动，还有一种暖暖的力量，就像是找回了十五年前那种希望和状态。

在那个塑料皮日记本的扉页上，年少的她曾写下这样的两句：“收集每一滴感动，凝结成梦想的翼翅。”

她在阳光里的身影渐远，她也许不会知道，她刚才讲述的声音，也唤醒了我许多遗失的珍贵。声音唤醒声音，声音点亮梦想。也许，每一个进入我们心灵深处的声音，都会是生命中最真实的美好和热爱。

时光种下的温暖

前几年回到老家，一个窗外有月的晚上，我从一个很古老的箱子里，找出许多年前的日记，一本本地翻看。仿佛一切都在重来，那么多的情节，烟云一般把我围绕。甚至小学时那些流水账般的记录，也使我的心柔软得像要融化一般。原来，曾经不经意的甚至平淡的种种，在经过时光的酝酿之后，都会散发着醉人的温暖。

初从乡下搬进城里，转学到一个陌生的学校，少年的我迎着许多嘲讽的目光，自卑得无以复加。由于乡下的教育和城里相去甚远，所以开始的时候，我的学习很是吃力。特别是英语，到了这里才发现，几乎没有一个词一个句子发音是对的。第一堂英语课，当老师点到我读课文，没念几句，教室已经被笑声淹没。老师也全无形象地笑得不能自抑，她还摘下眼镜擦着笑出的眼泪。羞愧，愤恨，不甘，许多情绪在心底堆积着。老师甚至对我说："你给咱们沉闷的英语课堂带来了许多欢乐！"

似乎是为了活跃课堂气氛，几乎每堂英语课，老师都会点我读单词或者课文，还让我到黑板前听写。每一次，我都背负着巨大的屈辱，忍受着刺耳的笑声，大声地读，用力地写。也不知过了多久，也不知付出了多少努力，班级里的笑声渐少渐消失。多年以后，我依然分不清当年英语老师的目的，是真的想让我逗大家一笑，还是为了让我提高。只是不管怎样，我当初的心里肯定是有着屈辱感的，可是后来觉得，如果没有这个事件，也许我的英语不会提高得那么快。

回想起来，少年时的种种情绪早已烟消云散，反而有着淡淡的眷恋与感动。原来，时光当初种下的一粒屈辱与自卑的种子，也会在漫长的岁月后，开出一朵入心的温暖。

当时班里有个女生，别人都笑的时候，她不笑。我经常听别的同学在背后提起她，说她叫自己的爸妈为叔婶，说她是被抱养的孩子，说她的叔婶对她不好。没人看见她笑过，似乎这世间就没有能让她笑出来的人或事。所以，她当时不笑，并不是不嘲笑我，而是她根本不会笑。她学习挺好，特别是作文写得棒，当我们还在啰啰嗦嗦或者搜肠刮肚的时候，她的作文就已经写得很具有散文或者小说的味道。她还在当时的中学生类杂志上发表过小文章，让我们很是羡慕。

我们当时都猜想，以后她可能会成为一个作家。可是她没有，毕业后各奔东西，有很长的时间没有她的音讯。直到后来有了网络，有了博客，我才偶然看到她写的东西。日志中说，她的确不是父母亲生的孩子，当年也的确心里满是恨意。不过现在她觉得，当时也许并不是叔婶对她不好，更可能是她知道了自己不是亲生的后，便变得很敏感，叔婶稍微对她严肃一些，甚至是正常的管教，都会激起她的恨。她说，后来她终于知道了自己的身世，当年，她的父母一场车祸双双离世，幼小的她无人扶养，甚至她真正的亲人都避而远之，是叔和婶把她抱回来……

我从她的字里行间看出了许多情感的流淌，也看出了许多幸福的涟漪。原来，时光种下的恨的种子，也终会开出温暖的花朵。没有哪一种恨，可以恨到天长地久，当岁月流走，当一切只能远远地回望，才会发现，当初的恨，或已遗忘，或已释然，或成温暖，或化流云。

细细梳理少年的光阴，发现自己当时对英语老师并没有恨意，有的只是一种耻辱感。不会轻易地去恨一个人，特别是主要原因在自己的时候，别人的嘲笑，其实只是自己招来。有一年在家乡的街上，竟然遇见英语老师，此时她已垂垂老矣，她已认不出我来。当我说出姓名，她的眼中仿佛闪过了许多过往，然后依然笑，像当年那般，可我再也听不出嘲讽的味道。她说她经常看我的文，看出了一种流逝。我终于问出了埋藏很多年的那个问题，她并没有回答我当初为什么那样对我，而是给我讲她的经历。

她也是从乡下中学转到县城中学任教的，起初由于水平有限，再加上一种自卑心理，别的老师都明里暗里嘲笑她，把她当成打杂的，经常故意让她代课，就是想看她出丑。校领导似乎也欺负她，让她带年级最差的那个班，给她安排最多的课。她隐忍，逆来顺受，不管多少白眼冷遇，她都坚持着。最后，那些目光由冷变暖，她才明白，改变自己之后，别人的看法自然也就改变了，这才是正常的方法。

我亦深深地感动，真的只有改变自己，才会改变别人的看法。就像时光把不同的种子都能改变成美丽的花朵，就像超越了许多的苦痛之后，回望，心里盎然着的幸福。

时光在我们的生命中，总会埋下许多种子，只要我们的心，超脱了情绪的羁绊，只要我们努力地向前走，那些种子终会在某一天回首的刹那，纷纷破土而出，开出许多不期然的美丽。

藏在岁月里的流逝

腊月，大雪初停。我们在雪地里打雪仗，奔跑，追逐，跌倒，欢笑，于是最深的冬天里，漾起一朵最欢快的浪花，从不会被寒冷所冻结。

当脸冻得通红，当手冻得通红，当头发上都被呼吸的热气凝了霜，我们才裹挟着一身寒气冲进家门。围着旺旺的火炉，好多双小手争抢着伸向炉盖的上方，去抓那份温暖。过了一会儿，我们都缓过来，开始说笑。忽然，看见表弟的裤子湿了一大块，问他怎么弄的，他说之前藏了一个雪球在裤兜里，想拿回来玩儿，进门就忘了，结果化了。

都大笑，说他傻。外面那么多雪，非要揣回来。他红着脸争辩，说外面虽然有雪，可屋里没有啊。我们依然笑，他眼睛滴溜地转着，忽然看到小表妹，立刻就想到了转移注意力的办法："她还把花揣回来过呢！"

小表妹不停地笑。那还是夏天的时候，我们一群兄弟姐妹去野外疯玩，女孩子们采来野花编成花环戴在头上，男孩子们则在草地上翻翻滚滚。小表妹最喜欢花儿，见到好看的，就想摘下一朵。到了冬天的时候，家里收拾孩子们夏天的衣服，在小表妹衣服的口袋里，翻出许多已经干枯得失去形状和颜色的花来。原来，她喜欢的，就摘一朵揣进口袋，回来就忘了。那件衣服她只穿了一次，也没洗，就放了起来，结果，那些花儿也被收藏了起来。

笑够了，小表妹对表弟说："我的花儿干了，可还有啊，你的雪呢？化了就没了！"

当儿时的岁月倏忽间遥远，这个场景却总在某个时刻，穿透时光的河，在心底清晰地荡漾。在不断告别、不断失去之后，当空间离故土越来越远，当时间离最初的圣洁越来越远，当梦想离心中的感动越来越远，我总是在辗转失落中，想把一些情节抓住，紧紧攥在手心里，或者藏在心底的某个角落。可是到得最后，才发现，许多的细节已被流年蒸发掉，许多的心情也已被光阴篡改。

再想起当年表弟裤兜里的雪，小表妹口袋里的花儿，再也没有了笑的冲动。或许只会轻轻莞尔，却掩盖不住那份感慨。在表弟裤兜里那个雪球融化的短暂时间里，在小表妹口袋里那些花朵逐渐干瘪的季节变换里，那份流逝，短暂而又漫长。然后三十多年的烟尘漫漫，流逝就成了沧桑。雪融化成水，花干枯成灰，容易看到，而更多的变迁，却在岁月里隐藏得更深，很难发现。总是在结局到来的时候，才霍然而惊。

那么，我曾经小心翼翼留存的，充满希望收藏的，流逝之后，真的就枯萎得面目全非了吗？真的就化云化烟消散了吗？如果是，怎么我的心会有一种遥远的幸福？怎么我的心情会微微地荡漾？就像是看一本很喜欢的书，看过了，把书放进书柜，然后几经搬迁，那本书就丢了。可是，书丢了，书中的内容却不会消失得干干净净，总会有一个酷似的情节，刹那间点亮许多的细节。

那些收藏起来的，就算只剩下微尘，也会在回望的目光里，生长成无边无际的美好，只有你自己知道。

就像那个冬天，在炉畔，表弟说："雪化成了水，可我知道它原来是一团雪。"

就像笑着的小表妹所说："花干了，可我知道原来它们是花。当初我还让你们闻了，还有香味呢，有香味就是花，不管开着还是干了！"

不合群的孩子

停电，写不成字，本想看书，忽见窗外阳光大好，便静极思动，决定给自己放假，去外面转转。

家门前山水都是近邻，走在山水之间，惊觉季节的变换。在这群岭深处，春天来得晚，虽然已是立夏的节气，可是各种花儿才开始次第绽放。这时候，遇见一群小孩，或许是哪个幼儿园的，两个年轻的老师带着他们，在这夏天里的春天快乐地奔跑。

我喜欢看大地上奔跑的孩子，就像看着自己那些远去的岁月。一直觉得，童年只有在天地间，在泥土的怀抱中，才能真正让那份无忧的天性恣意生长。就像此刻，男孩们追逐打闹，在大地上翻翻滚滚，女孩们采花摘草，或者拍着手看着一只鸟飞过头顶。那两个年轻的老师并没有过多地管束，任他们满身尘土，只是在接近河流的时候才出声提醒。便很感激这两个老师，在这充满生机的人间，自由的快乐，才是最本真的状态。

忽然发现一个小女孩很不合群，她没有和男孩们一起奔跑，也没有参与女孩们的叽喳笑语，她就站在那儿，时而看着山水，时而看着那些伙伴游戏，脸上没有表情。其实，我不是很喜欢很安静甚至很懂事的孩子，总觉得把一个小孩过早教育成小大人般的样子，是一种畸形的状态。便猜想着，眼前这个女孩可能牢记着父母的教导，不能疯疯癫癫，不能弄脏衣服，不能随意摘花，不能和别人打架……

条条框框，修修剪剪，造就了多少孩子的病态美。我更喜欢不听话的孩子，上树爬墙，摘花打鸟。仔细想来，人的一生中，那样无忧无虑的天真日子又有多少呢？走进校园，走上社会，多少桎梏和樊笼在等着他们，如果连童年的美好回忆都没有，这一生，还有什么是可以回味的呢？

天上飘来一层薄薄的云，那边，几个男孩果然打起架来，两个老师看了一会儿，才去制止，也并没有讲什么道理。只是一小会儿之后，打架的几个男孩又在一起玩得欢天喜地。看着男孩打架的时候，那个离群的女孩也没有什么表情，她轻轻地走着，我不知道，在这样美好的季节里，会有什么能让她动容。而那些小朋友们玩得疯，都忘了有这么一个安静着的女孩。

跟着他们走了一会儿，回忆已在我心底流连了许久。在我的童年，几乎日日与大地接触，村庄的野外，遍布了我们不安分的足迹。我们是名副其实的野孩子，脸上身上，都是泥土和阳光的颜色。多好的曾经，那些在岁月里渐渐丢失的，都在心底盈积成最美的，总会在某个春日，或者某个夏日，温暖我许多的苍凉。

要回去的时候，我忽然想起那个女孩，便转头去看她。只见她正在一株初开的丁香树旁，向前倾着身，似乎在仔细看那些细小攒簇的花朵。我悄悄走过去，在她身后细细地看。原来，牵着她目光的，是一只小小的蝴蝶。此刻，它正停留在一朵花儿上，立着并拢的翅在风里微微颤动。我发现，女孩的脸融化了，目光中流淌着一种好奇。

蓦然，一阵风来，小蝴蝶因风而起，飞向不远处的另一株花树。女孩的目光随着它的身影飞舞，跟着跑过去，却一下子跌倒在松软的土地上。我觉得，她会突然惊醒，并不会哭泣，只会懊丧，会后悔，会自责。

可是，她却飞快地爬起来，都没去看身上的衣服，依然跟着那只蝴蝶，而她的脸上，一朵笑正在开放到极致。

忽然发现，天上的那层薄云不知什么时候散了，阳光依然洒落，而我的心里，也和蓝天一样明净而又轻松。

盛开在冰雪上的语言

初一的下学期，我从乡下中学转到县里的中学。全新的环境，不同的教学方式，让我很不适应，再加上有着一种自卑，所以成绩几乎是班里最差的。虽然也曾努力过一段日子，却依然不能改变，于是便开始随波逐流。许多老师的劝说鼓励什么的，都没有用，我几乎做着一切不让学生做的事情。

当时教数学的老师姓杨，中年人，很严厉，批评学生很是冷酷无情。我坐在教室的最后面，基本是被遗忘的角落。有时候看着别的同学被批评，竟然有着一种羡慕，如果杨老师也能狠狠骂我一次，也是幸福的吧！而他总是目光从我脸上飘过，眼神里带着一种很复杂的意味，有痛恨，有遗憾，更多的是轻视。

有一次数学考试后，我盼望中的批评忽然就来了，却没想到是如此刺痛人心。当时我只是考了一个及格的分数，心里还有些沾沾自喜。可是杨老师点了我的名，对大家说，除了我，这次考得都不错，不该犯的错误都没犯，凡是能想到的错误，在我卷子上都能找到！然后，他对我说："如果全年级只有一个人考不上重点高中，那就肯定是你；如果你数学能考九十分以上，我倒着在操场上走一圈！”

刹那间，我觉得全身的血液都涌到了脸上，每一个字都像一把刀子，狠狠地割在心上。当时正是夏天，我却感到了冬的肃杀。同学们也都哄然而笑，我头脑中一片空白，疼过之后，仿佛是无边无际的麻木。回去之后，麻木渐退，疼痛也渐消，剩下的，就是无穷无尽的耻辱感。然后，从没有过的勇气从心底生起，从没有哪一刻如此时这般学习的决心。

那是我学习最艰难的一段时间，那份努力，窗外游走的季节知道，夜里醒着的灯光知道，清晨的第一缕霞光知道。每当我要懈怠时，杨老师的话就会如重锤敲在心上，让我的疲惫厌倦顿去。虽然此时杨老师已经因病不再教我们，可他的话却在心底永远无法磨灭。

冬天过去了，春天来的时候，在期中考试中，我以班级第一、年级第二的成绩震惊了所有人，特别是数学，我是唯一的满分！知道成绩的那个下午，我逃课了，跑到野外，在河边，痛痛快快哭了一场。回去的时候，全校正在上课，我便在操场上慢慢转悠，边走边想这近一年的学习经历，竟是感慨万千，似乎对杨老师的恨与怨也淡了许多。

忽然，我看到了杨老师！他坐在轮椅上，慢慢摇动着向我走过来。站在他的面前，我一时竟不知道该如何开口。正不知所措，杨老师艰难露出一个微笑，费力地说："真没想到，你竟然真的有了今天的成绩！"可是我的心里，却依然在不停重复着当初他在课堂上的话。他看着我，说："陪我走走吧，我也给你讲讲我中学时的事！"

他向后摇动着轮椅，我慢慢地走在他的面前，他说话很慢很慢，断断续续，有些字也说得不清楚。他中学的时候，一个老师也是很冷漠很严厉，他也是学习不好，劝说无效，鼓励无效，经常逃课去外面和一些社会小青年混在一起。有一次，那个老师就在课堂上说他，说如果他能学习好，老师就把自己的名字倒着念一百遍！他也因此受了刺激，开始努力。当他以优异的成绩考上大学时，老师已经垂死病中。他回母校告别的时候，老师让人带来一张大纸，贴在校园的宣传栏上。纸上都是老师的名字，倒着写的！写了整整一百遍！原来老师是在重病中，挣扎着用了半天的时间才写成的！那一刻，他痛哭失声。

杨老师对我说："有些人，用平常的话语已经没用，就得用最伤人最恶毒的语言来刺激他们的心灵，让他们的心流出热血来。那次考试后，我看你对数学还是很有感觉的，才说了那些话来激你。"

那一刻，我的泪汹涌而出。忽然明白，有些话语，虽然如冰雪般寒冷，却有着一种穿透心灵的力量，能打破冬的铠甲，感受到春的希望。

下课铃声响起，杨老师说："谢谢你陪了我这么久，我也完成我在课堂上的承诺了，你以后要保持着这种努力！"

我一看，杨老师倒着摇动轮椅，此时，正好在操场上走了一圈！

一朵冬天

起初的雪总是在最出乎意料的时候到来，还没有准备好一种心情，还没有把那种心情编织成一个盛装冬天的容器，它们就来了。不期而遇的还有一份淡淡的惊喜，虽然年年重见，却总是不一样的感受。

因为第一场雪陪伴的时间最短，它们落地即融，如果错过了短暂地飞舞，会觉得它们从没来过。不像后来的雪，一场场地扑落，一层层地堆积，堆积成一个洁白的童话世界，陪我半年之久。那些转瞬即逝的，仿佛只是一个来去匆匆的信使，一场短暂的彩排，一幅留不住的画面。

当时我正坐在窗前看书，没有阳光，也没有白云，落光了叶子的树再也牵不住路过的风。看着半阴的天空，忽然想到了辽阔，如果天空中点缀一行归雁，那么天空就辽阔得有了韵味。只是这里早已冬天，虽然还在秋的节气。渐渐地竟有雪花从高空中落下来，放下书的瞬间，我想，把一朵雪花夹在书里，当成季节的书签，该是一件多美好的事。

站在天空下，伸出手，一朵雪花就带着温暖的凉意和我融为一体。很遥远的从前，邻家的女孩子突发奇想，她想养雪花。她用一个玻璃瓶子装了一半水，冻成冰，然后就等着下雪。雪来了，她却认为雪花是活着的，必须要捉到一朵放到瓶子里。她伸出手，雪花便融化在她的掌心里。她挺难过，说是害死了一朵雪花。最后举着瓶子，终于有一朵很大的雪花落了进去，她拧紧瓶盖，怕那朵雪花飞走。那个装着雪花的瓶子放在外面的窗台上，每天我都会去看看，雪花静静躺在冰上，一个小小瓶子，装进了整个冬天。

回到屋里继续看书，雪依然在下，打开窗，把书翻开伸出去，一两片雪花便落在页面上。合上书，再翻开，只有浅浅的水痕。我的雪花书签，终是会留下一点印迹的，不知多年以后，翻开这本古老的书，还会不会看到曾经的第一场雪。

小时候在冬天看书，是坐在火炉旁，透过铁炉盖的缝隙，常看到一朵小小的火焰在跳跃。透过那条窄窄的缝隙，把一条金色灵动的光影投在棚顶。或者是夜里，一朵烛焰轻轻摇曳，窗外的北风不停走过，雪花也无声扑落在窗子上。那一朵小小的烛光亮在无边无际的冬天里，生长出太多的往事，温暖流连，即使已成过往，也一直在心底亮着。天黑下来，我甚至眷恋于划着一根火柴的那个瞬间，一朵火花爆开，从黑暗中而来，就像雪花从虚无中而来。忽然花开，便点亮了夜。回想起擦燃火柴的情景，似乎还能嗅到好闻的硫磺味儿。

真的，那些火光中的情节大多已漫漶于岁月里，就剩下一份暖。如果说依然清晰如昨的，便是火光中，那每一朵笑容。那是比每一朵火焰都要暖的笑容，任多少年过去都不会枯萎。而当时，我并没有发现那份暖，或许是没有在意。直到有一天，邻家那个养雪花的女孩从我家里出来，对我说，你家里真好，每个人都笑得那么好，就像，就像火炉那么暖和。

她从小就失去了母亲，奶奶卧病在床，父亲经常醉酒，家里愁云密布。我们每天围在炉火旁看书讲故事的时候，她正在家里做饭熬药，那些我们习以为常的温暖，和她隔着整个冬天。在她的心里，我家人的那些笑脸，让她觉得温暖，哪怕没有火炉，也不寒冷。而她在那个冬天里唯一的乐趣，是每天去看窗台上玻璃瓶里养着的雪花。也许，那是她唯一的温暖，却来自我们抵御着的寒冷。

其实我真的很感谢这个小小的女孩，让我知道了每一朵笑容的可贵。当亲人们的笑脸渐渐遥远，我才知道失去的是什么，幸好我早早就懂得了珍惜。所以即使现在身处他乡遥远，回想那每一朵曾经开放在冬天里的笑容，都会焐热许多苍凉。

放下书，那两片雪花书签的印迹淡淡，就像那么多的岁月在刹那间消逝。在这个飘雪的午后，巨大的冬天在回忆里浓缩成一朵雪花，一朵炉火或烛火，几朵笑容，就够了。把一朵冬天化进掌心，揣在心里，然后，慢慢地慢慢地融成春天。

小涟漪

刚上小学的那年冬天，寒假，父亲带我去远方的亲戚家。回来的时候，我们坐火车，人很多，我跟着父亲在拥挤中行走，想找一个人比较少的地方。当我们走进一节车厢的门，欢乐的声浪扑面而来。

很热闹的场景，一群中年人正在唱歌，每个人的脸上都流淌着纯净的笑。一个男人倚在座位上拉手风琴，大多是苏联歌曲，《山楂树》《喀秋莎》《白桦林》，我站在那儿，已听得目瞪口呆。对于一个乡下孩子，这样的情景，如浪潮一般冲击着我的心。然后，在歌曲的空当，一个男人用浑厚的声音朗诵着一首诗，当时只觉得好听，动情，却只记得最后两句：我曾经那样真诚、那样温柔地爱过你，但愿上帝保佑你，另一个人也会像我一样爱你。

六年以后，我家搬进县城，我也转到县里初中上学，闲暇时和同学们一起读书、抄书，才又重逢了那些诗句。于是就喜欢上了普希金，喜欢上了那首《我曾经爱过你》。在日记本上用不同的笔体写：我曾经默默无语、毫无指望地爱过你，我既忍受着羞怯、又忍受着嫉妒的折磨……虽然彼时不解爱情为何物，却先自把自己的心带入一种想象的悲欢离合里。

那时候，每个同学都有个日记本，里面写满了不为人知的心事，都如镜花水月一般虚幻，却有着真实的美丽。

当年有一段时间，盛行叠千纸鹤，于是我们和那些女生一样，用不同颜色的纸叠，折叠得很用心，却全然没想过叠好了要送给谁。只是把那些若有若无的情感，都折叠进小小的纸张里，虽然张开了翅膀，却永远只飞翔在自己的梦里。如花的年龄，也有着朦胧的暗恋，或许，连暗恋都算不上，只是心情流淌中的一种好感。躲躲闪闪的目光，躲躲藏藏的身影。于是，那些纸鹤终于不知飞散于何方，成为流年里的惊鸿一瞥。

后来，又流行叠幸运星。于是收集来许多略硬的彩色纸片，裁成条，翻来覆去地折叠，然后挤出肚，压出角，小小的五角星，便丰盈着一种心情。按说幸运星和千纸鹤略有不同，纸鹤似乎代表着爱情，而幸运星却可以作为礼物送给朋友，只是我们也没有送给任何人，那时朴素的心里，很怕被别人有一丝一缕的怀疑。我的那些幸运星，好像已叠满了一千颗，或者更多。起初也装在一个玻璃瓶里，后来突发奇想，用结实的线把它们穿起来，一条一条，就成了美丽的门帘。就挂在我的门上，风来时每颗星都互相碰撞，无声无息地传递着消息，如心里深藏的种种。想象着能有一帘幽梦，在青春里无边无际地发生。

有很多事，我们用心地做着，却不是为了谁，不是为了什么，在那样的时候，就想去做。儿时的夏天，喜欢在野地里寻找一种形状很特别的叶子，带回好多，却放在那里，不知何时枯萎成堆。却也没有什么遗憾，只记得在寻找时、在采摘时，心里满溢着欣喜。

那时我还喜欢傻傻地蹲在地上，看着一只蚂蚁的行程，一看一个多小时。目光随着它漫游，兴趣盎然，浑不觉累。就是这样，不为什么，喜欢了就去做，然后给我一种满足的心情，这样的结果就好。然后就算遗忘了，也没有关系。仿佛水面上小小的涟漪，转瞬即逝，却美丽过，却留下了一片宁静的清澈。有一阵子，心事拥挤得难耐，又无法诉说，更不敢写进日记，便写满了一张纸，折成纸船，在呼兰河岸边的无人处，悄悄地放入水中。看着小小的纸船载满青春的情绪，在水中漂远，驶向未知的归宿，便觉得，所有的烦恼都随着船后细细的波纹荡漾，消散，剩下的，都是可以留恋的东西。

而且，也许还会在遗忘很久以后忽然想起。就像遥远的从前，绿皮火车上，那一群高歌的人，那些歌，那首诗，某一天忽然涌上来，便唤醒了好多好多的过往，涟漪串连成浪花，生动着一段洁白的光阴。那些涟漪漾上来，是我脸上的笑，没有风尘，没有沧桑，简单的美好。

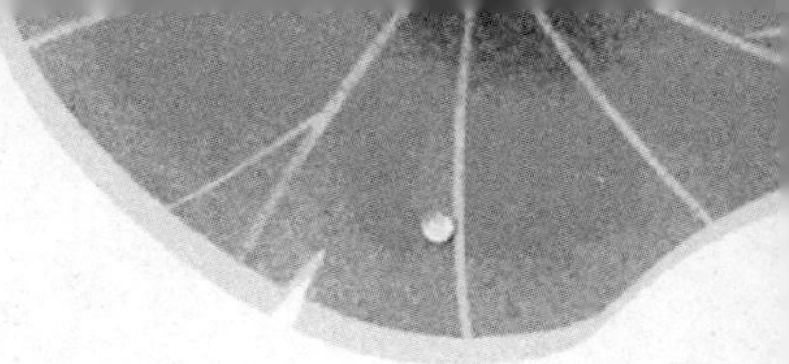

第二辑

情

深深爱，慢慢行

让脚步在流连的人或事上留下暖暖的印痕，

从生到死，从启程到终点，

把急急的光阴用轻轻的脚步拉伸成极细长的弦，

每一步都奏响着舒缓而无悔的旋律。

深深爱，便避开了流离；

慢慢行，便追不上遗憾。

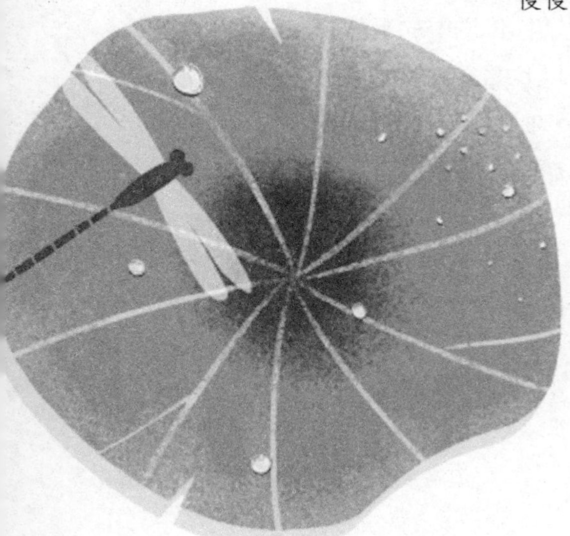

冻暖每一个冬天

真的会有那样的时候，越冻却会觉得越暖，从心里往外的那种暖，就像心里有个小小的太阳般，总能使整个冬天都变得生动起来。

十七年前的冬天，一个下午，大雪初停。临时起意，我提着一个包裹走在积雪的街上，去客运站赶一趟回家的长途汽车。天很冷，便用空着的左手不停地捂着左耳。忽然，就觉得右耳像针扎般地疼了一下，那种疼来得快去得快，便也没有在意。直到坐在汽车上，无意间一摸右耳，竟吓了一跳！右耳已经硬邦邦的，手感就像刚从冰箱里拿出来的冻肉。

我知道坏了，耳朵已经被冻硬了，传说中的事情真实地发生在了自己身上。由于总听说类似的事，所以我知道此时不能碰触，否则耳朵容易撕裂甚至脱落。在车上的五六个小时里，右耳渐渐地有了知觉，依然没敢去摸，想来已解了冻。然后开始有疼痛感，带着一种透心的痒。便一直忍着，忍到下车。

下车时天已经黑透，到家时，竟是大门紧锁，而我连钥匙都没带。打家里座机半天也没人接听，才忽然想起，前些日子打电话回家时，父母曾说要去另一个城市的姐姐家小住一段时日。由于父母是后搬来此地，在这个城市举目无亲。我一时彷徨，在门前来回走了许久，已经没有返回去的车次了，而且右耳再次冻得疼痛难忍。

正想着先找个诊所，然后再找个地方住一夜，明早返回实习的城市。这时邻家大门开了，出来一个大婶倒脏水，她看了我半天，问：“你是邻居家的孩子吧？你爸妈去外地串门了，你没带钥匙吧？”还没等我回答，她竟在昏暗的路灯光亮下，看到了我耳朵的红肿，便到近前仔细看了看，忙拉着我的手就进了院子。

由于新搬来这个城市后，我只回来过两三次，所以左邻右舍都不熟识。这个场景，让我想起几年前的一个晚上，同样的寒冷，伴随着大风雪，同样的陌生人把我拉进温暖的屋里。当时在风雪中走了很久，手脚冻得几乎没了知觉。一个老大爷从外面用脸盆端了一盆雪进来，老大娘让我脱掉鞋袜，便用雪给我揉搓冰冷的脚和手。边搓边给我讲，说这是一代代传下来的经验，手脚冻了而且没冻坏的时候，千万不能马上在炉边火烤，那样会使寒气内行。刚冻的时候手脚比雪更冷，用雪搓，可以使寒气散发出来。

后来有了网络，我曾查过用雪搓冻了的部位，许多人包括医生都说没有科学道理，而且说会越搓越严重。且不去说方法如何，我却真实地从那些雪中感受到了一种关爱。当年的那一盆雪，我觉得比那一炉火还要温暖。

和邻家大婶进了屋，室内温暖如春。在明亮的灯光下，她又看了看我的右耳，此时，右耳已经肿胀得很大，就像无数根针在攒刺。然后，大婶走进厨房，我听见一阵砰砰的捶捣声。过了一会儿，她捧着一个蒜缸子出来，里面是捣好的蒜泥。她用一根棉签，挑起蒜泥，小心地涂抹在我的耳朵上。也像曾经的那个老大娘般，边弄边唠叨，说她儿子小时候经常冻伤手脚耳朵，她也是这样给弄。琐碎的话语，像一脉春水，直流进我的心里。

住了两天之后，右耳略消了些肿，大婶才让我离开。走时，她找出很厚的毛线帽子给我戴上，并一再叮嘱，耳朵全消肿之前不要碰触，睡觉不要压到，晚上不能脱掉套头的毛衣……在一片唠叨的海洋里，我离开了小城。虽然没能进去家门，却收获了一份永不消散的幸福和温暖。

向更遥远的记忆漫溯，小时候，我们的手脚经常在冰天雪地里冻得红肿，一到晚上，痛得难受，痒得钻心。母亲便取些南园里干枯的辣椒秧，用开水浸上，给我们泡手脚。在彼时并没觉得冻伤有多么难受，反而现在回想起来，有着一种无可取代的眷恋。或许不是恋着那份疼那份痒，而是恋着那段岁月里因疼和痒而生发出来的许多感动。

很遥远的时光之后，有一个冬天，我的手竟然又不小心冻得红肿。那种熟悉的疼和痒，在无眠的夜里，潮水一般，疼醒了许多幸福，也痒醒了许多温暖。幸福着所有的岁月，温暖着每一个冬天。

活在死信里的真情

高中毕业后的那个暑假，许多日子我都是在小城的邮局里度过。一个亲戚在那儿工作，负责分拣信件，处理一些退信死信。所说的死信，就是投递不出去的信件，或是地址不清，或是收信人搬迁，而且寄信人的地址也不详细，所以退不回去，便成了死信。

邮局里堆积着许许多多的死信，有时候，我会拆开看一些，不想却因此让心沉入一个美好的世界里，流连忘返。当时，我还用个本子摘录下来许多，包括收寄人地址姓名，认为是一生的感动。前些日子当我无意间翻出那个本子，时光的尘埃并没有掩盖鲜活的情节，一切都在心底复苏，生长出郁郁葱葱的美好。

“亲爱的妈妈，这是我写出的第 120 封信了，也是寄到的第 120 个城市。转眼我已年过半百，请您一定要好好活着，此生我还希望找到您。我知道我不是孤儿，我的妈妈在一个未知的远方，同样在想念着我……”

我清楚地记得，当时在一大堆的死信里，这一封一下子闯入我的眼帘。因为信封上只写着“黑龙江省呼兰县妈妈收”，寄信人的地址也只是简单的“河南省修武县”。我可以想象，那个人写信寄信时是怎样的心情，那是一种无望的希望，一种无果的等待。不写详细的寄信人地址，就是不想体会信退回时的那份失落。他把一份无依的思念洒向全国各地，把心里的爱放飞在无边无际的寻找中。如今二十多年过去，在我的心里，他们母子早已重逢，那份情感也早已幸福圆满。我希望他们都活着，活在这么美丽的人间。

有些死信却是无尽的挣扎和努力，仿佛想用一份执着挽回一段情感。

“给你写了那么多信，虽然你从没回过，我却依然能感受到你读信时的心情。想想大学校园里那么多难忘的晨昏，想想我们一起走过的那一片花树，便觉岁月充满柔情。所以，我不想有那么多的遗憾，不想当初的阴差阳错带走曾经那么美好的情感……”

这个人的信我看了很多封，都是寄给同一地址同一人，可是却查无此人退回邮局，而寄信人的地址只写着“内详”两个字。我翻找出好几封，都是他写的，写给某个女孩，想让一份情怀感动一颗爱着的心。可是他却不知道伊人早已不在原处，在这遥远的地方，他的信和他的思念都已没有了归期。

还有一封信是写在作文本的纸张上，稚拙而工整的字体，寄信人的地址是“山东微山县韩庄镇”，收信人的地址却是我们小城的一个建筑工地，当时那里早已竣工。

“二哥，快回来吧，爸妈早就原谅你了！还说等你回来，就给你相亲……

“浑小子，快滚回来，家里的活儿都干不过来了……

“儿啊，在外面吃得饱吗？累了就回家吧，娘给你做你最爱吃的鸡汤油饼……”

不同的语气，妹妹、父亲、母亲，表达的都是同一种心意。那个家里，该是怎样惦记着这个离家出走的孩子，在灯下，妹妹写着信，父母在一旁念叨着，所有的想念都浓缩在短短的两张作文纸上。可惜这个儿子没能看到此信，任它流落于故纸堆中。他们肯定早已团圆，也许回想往事，妹妹会说：当年你离家出走，我们给你写过一封信……

有一封信压在大纸堆的下面，信封上的字迹已经变淡模糊，也不知在这里沉睡了多久。收信人的地址是“呼兰县初级中学”，虽然是小城，可是初中也有好几个，这样能收到才怪呢？忽然，收信人的名字让我很是惊讶，那是我熟悉的一个名字，是我初中时的语文老师。也许真会这么巧，就是写给我的老师的呢！于是拆开信来看。

“不知您还记得一个很叛逆的男生吗？我还曾经在课堂上把您气哭了，可是您从没对我疾言厉色过，即使我一再捣乱，您也是很有耐心地和我说话。您从没有歧视过我，只有在您的面前，我才会忘记我是个孤儿……我那时总是故意气您，其实就是想让您多和我说些话，我能感受到一种亲情，以前，亲情的概念只存在于书本里。后来，您调到别的初中去了，我当时那么舍不得，可是没有对您说。这么多年过去了，想起往事，我多想叫您一声妈妈……”

也不知是这个曾经的学生粗心把地址写得不全，还是他当初就没打听清楚老师到底调到哪所学校，总之写满心里话的信就这样沉默在死信堆里。可是，他所惦念着的老师，却再也不能看到他的真情流露，听不到他的那一声“妈妈”。因为就在我看信的前一年，老师因病去世了。

那个午后，翻看着曾经的笔记本，那么多死信的片段，在心里汇聚成一片暖暖的海。回想当年的死信堆里，鲜活着多少人世间最动人的情感，就算岁月的风暴过后，依然在我心底生长出绵绵的感动与眷恋。那些信中的情节和细节，连缀成生命中永不褪色的风景，让我的灵魂有个美丽的憩息处，所以在时光的浪潮中，我依然充满温暖的力量。

每个名字都是别人的牵挂

闲暇时，我经常去家门前的一个小公园里散步，那里有个小小的凉亭，几个老人每天都在那儿闲聊，与不远处树荫下热火朝天打扑克牌下棋的人相比，他们显得很悠然闲淡。有时谈得久了，他们会站起身，拿着巨大的如拖布般的笔，蘸着小桶里的水，在亭前方石板空地上写字。

这几个老者都有着深厚的书法功力，我看着他们或堂堂正正或龙蛇并舞的字迹，总会让心平静下来，如西边的小河，清澈而灵动。看得久了，发现他们各自都有几个字写得尤为出色，那几个字不管出现在他们的哪个作品里，都是那么突出。或许他们自己并没有察觉，可是我日日欣赏之下，看得分明。

在这几个老者那里盘桓了一会儿之后，我便走向公园深处，那里也别有天地。五六个大娘在那儿吹拉弹唱，各擅一样，然后乐声歌声随风远送。我会在一旁静静地聆听，几曲终了，休息，她们便开始热烈地唠起家常。听得久了，便记住了她们每个人嘴里经常出现的几个名字，或儿女，或孙子孙女，那些孩子，在她们的讲述中优秀无比。而她们也是一脸幸福，然后和别人分享交换着幸福。一下午的光阴就这样温柔地流走，在琴声里，在温暖里。

就是在这个公园里，我经常会遇到一个朋友，我们并不相约，却总能邂逅。她在一所中学当老师，每次遇见，她都会笑说："我们不是偶遇，而是你经常来这里，我一来当然能看到你了！说起来，也是你在等我！"我们都大笑，笑声里荡漾着如河流般的纯澈。

她当班主任，还担任着两个班的语文老师，时间很紧，不过，一有空闲，她就会来这里享受难得的闲暇时光。有时我们会一起看老者在地上写字，或听听大娘们拉琴唱歌唠家常。偶尔我们也会说一会儿话，听她讲班上的事，还有她教过的学生，在她的心里，不知记得多少学生的名字，听得出她对每一个名字都有着一份牵念。

她说："我几乎记得教过的所有学生的名字，倒不是教师的职业让我记得他们，而是我记得每一个名字后的那张脸。"她常常想象着离开的学生们怎样成长成熟，走出校门又会变成什么样子。这样一份淡淡的牵挂，成为她的一种幸福。

这一天在公园里又遇见她，便问她："你说记得所有学生的名字，不是因为是教师的原因，那是为什么呢？"

她的眼神恍惚了一下，仿佛陷入久远的回忆中。她并没有直接回答我，而是给我讲她的经历。她是个孤儿，在福利院里长大。从小就不知道亲情为何物，而且那时她性格孤僻，对谁都很冷漠，就算有人关心她，也换不来她的笑脸。就是这样一年年成长，她封闭着自己的内心，无伤害侵入，也无春风温润。

"幸好有我们的老院长在，不管我怎样冷漠叛逆，他都不讨厌我，依然关心我。他对我的付出，比福利院里别的孩子更多一些！"她脸上带着微笑，徜徉在自己的故事中。

老院长是个盲人，当她少年时，老院长已经七十多岁了。她本来没有姓也没有名字，院里的人给她起了一个，她极不喜欢。每次有人叫她的名字，她心里都极为反感。老院长叫了一次她的名字后，就再也不叫了，听见是她都是“丫头丫头”地喊，即使她依然不理，老院长也叫得亲切。

然后有一天，老院长病倒了，弥留之际，院里的孩子，无论多大的，都拥挤在屋里屋外，流泪悲伤。老院长很平静，他侧耳听着每个孩子的声音，然后他便叫：“梦痕，梦痕！”大家都很迷惑，不知老院长在叫谁，院里并没有叫梦痕的孩子呢。

当时，她在人群之后，心里也有着难过，可眼中却无泪。老院长叫了好几声，她才反应过来，心中有着巨大的感动和震动。她挤到床前，老院长紧紧地抓着她的手，说：“知道你给自己起了名，打扫卫生的阿姨在你本子上看到告诉我的，多好的名字啊，所以我就记住了！”

她的泪轰然而下，把心中的坚冰消融成无边无际的暖流。

在七月的阳光下，她的微笑直入心灵，她说：“那时看琼瑶的小说，就偷偷改成那样的名字了，老院长却一直记得，临死前还叫我的名字。那以后我就知道，即使是我深藏的名字，也是别人心里的牵挂。所以我就记住那些学生的名字，不管他们怎么样，也都是我的牵挂！”

边说边走，到了那个小凉亭前，几个老者正在地上用水写字。我们站在那儿看，我告诉她，他们每个人都有几个字写得特别好。比如正在写字的这个老者，在他的字中，“忠孝仁义”四字写得最好，这四个字，每一个出现在他写的作品中，都最惹眼。她问我为什么，我说这个老先生可能儒家思想深重，她想了想，摇头否定。我反问她，她不答，却走上前去，说：“老师您好，我可以问您一个问题吗？”

老者笔不停留，只是笑着点头。她问：“老师，您的子女中，名字里是不是有忠孝仁义这几个字呢？”

老者终于停下笔，很惊讶地抬起头，说：“是啊！我有三个儿子，叫忠孝、忠仁、忠义，你是怎么知道的呢？”

那一刻我便明白为什么他这几个写得这么好了，不管他在写什么作品时，心中那几个名字都在默默影响着，所以，那几个孩子名字里的字，便不知不觉蕴进了一种情感。想来另外几个老者也是如此，正是因为心有所念，那几个字才会与众不同。

我们的名字，总会是某些人心里的惦念，或亲人，或朋友，或素未谋面的知心者。而我们的心里，也记挂着一些名字，仿佛美好的韵律，每一想起，每一念起，便让世界多了一些温暖，一些柔软，一些热爱。

如果做一分钟某个人

有的时候，一些忽然出现的如果，深深思之，便会给心灵以震撼。那些在假想中盛开的花儿，总能唤醒生命中许多尘封的感动。

如果给你一分钟的时间，让你做想做的那个人，你会选择谁？

虽然只有短短的一分钟，能做一次想做的人，想想也是让人神飞。第一次看到有人这么问，我竟是很彷徨，各种想象纷至沓来，各种羡慕的人也充满脑海。原来自己想要体会的那种人生，多得不可想象。哪怕只有一分钟，也会用生命去了解一下那种感受，那种状态。

后来，就像流行起来一般，大家聚会，都要问一下这个问题，我听到的答案也是各种各样。很多人会选择当伟人名人，一个当官员的朋友选择做一分钟普通人，还有人选择当官员，一些年轻人多是选择当各个明星。也有的人沉思不语，似是没有决定。

问他们如此选择的原因，想当名人伟人的，多是出于一种敬仰；想当百姓或想当官员的，多是出于一种体验；而想当明星的，多是出于一种崇拜。听着他们的选择，知道，他们想当的人，都曾是他们真实或虚幻的梦想。我们没有经历过的生活，永远是最好的生活，是最向往的生活。所以，不管我们过上哪一种生活，经历哪一种人生，都会觉得别处风景更好。

有一回，依然是这个问题，除了那些大家可以想到的回答外，有几个人却给了我们更多的震撼。

一个三十多岁的女子，她说："如果给我一分钟做别人，我想当我妈！"

一个五十岁左右的男人，他说："那一分钟，我会当我的父亲！"

还有一个四十多岁的大姐，她说："我要当一分钟我的儿子！"

仔细想起来，我很是动容。果然，说起原因，三十多岁的女子是想体会一下母亲的艰辛，五十岁左右的男人想尝试一下父亲的坚强，而四十多岁的大姐，她只是想感受一下儿子的学习生活。

接下来，还有一个更深入的问题，就是，如果你选定了要做的那个人，那么，你想做那个人一生中哪个阶段的一分钟呢？

那些选伟人名人官员明星的，多是选择那些人一生中最辉煌时刻的一分钟，这是正常的。毕竟，大家最想体会的，都是那些人最春风得意的时光。可是有一个朋友，却给出了与众不同的答案，他说他会选择成功人士们最落魄最坎坷时的一分钟，因为他想知道，那样的时候，他们是怎样坚定内心的梦想，以怎样的心境渡过最黯淡的际遇，从而为成功打下基础的。

我们都很汗颜，我们总是看见别人的风光，却看不见别人的努力，总想去体验别人的成功，却不想去体验别人在艰难时的执着。我们真的很肤浅，只想着在那一分钟里知晓成功的滋味，却不想在那六十秒中，去学习别人成功的秘诀。忽然明白，对于许多人来说，别说一分钟，即使给一小时一天，当回归自己后，依然是毫无所得，依然是平凡的自己。

那三个人的回答却更让我们感动甚至震动。

三十多岁的女子，她要选择母亲最困苦时的一分钟，那时母亲带着她外出寻找父亲，一路乞讨，走过一个又一个城市。她无数次地想象，母亲当时是怎样的一种心情一种情怀，为了不让她挨饿受冻，即使受尽白眼冷遇，依然坚持着站在那儿，把她护在身后。她多想做一回那时的母亲，哪怕只有一分钟，也会让她记取一辈子。

五十岁左右的男人，他选择在父亲疾病的最晚期时，他说那个时候父亲忍受着极度的病痛，却从不呻吟一声，脸上依然有着微笑。父亲的那种坚强贯穿了一生，用永不松懈的肩膀，支撑起一个家。他想知道父亲在最疼痛的时候，是什么使他依然微笑，依然无惧。

而那个四十多岁的大姐，她却选择在儿子高考前最难熬的时候，也是她看在眼里最心疼的时候。她说家里给儿子的压力太大了，可是儿子从不抱怨，默默地担负起全家的期望。她就是想了解一下，当时的儿子心里有多苦，有多委屈。她觉得对不起儿子，虽然儿子从不说，可是她却想知道儿子那时的所有心思。

多好啊，相对比之下，我们无地自容。我们只想着做那些光鲜的人，却从不想做自己身边的人，父母，子女，那些爱着我们和我们爱着的人。我们从不曾真正地了解他们的心境，也从不曾深入那种情怀，在爱的围绕中，我们却忽视了爱的来源。

那么，现在我问你，如果，给你一分钟的时间，让你做想做的那个人，你会选择谁？而你，又会选择那个人一生中哪个阶段的一分钟呢？

深深爱，慢慢行

第一场雪落下来的时候，我正匆匆地往回走。只是在心里惊叹了一下，看着满天的雪花扑落，脚步并没有停留。其实我是很喜欢每年冬天的第一场雪的，据说日本人把第一场雪叫作“风花”，或许是因为风中落花是短暂的美。而那些转瞬即逝的，总是会在心里留下长久的回味。

果然，雪是短暂的，当我想好整以暇地去欣赏时，它们已经过去了。而地上，除了很快消融的痕迹，再也没有它们的身影。仿佛从没有来过，错过了，就是一年的分离。可是明知道很快会停，我却依然步履匆匆地走过，没有驻足与之相伴，从开始到结束。既然爱着，为什么不肯停下来，或者陪着慢慢地走？其实许多事都是这样，我们明知道心里喜欢，却总觉得有更重要的事，虽然那些事不一定是喜欢的，却认为耽搁不得。或者以为还来得及，所以总是憾事斑斑。

可能所说的辜负，就是这样的情形。初夏的时候，临近的河边，开满了丁香花。那也是我极爱的，少年时在家乡，那里气候稍暖，春末花儿便开。每天我都会去那些花丛里，细细地看，寻找着传说中的五瓣丁香，那朵美丽而幸运的花儿。日日流连，从起初的零星初绽，到繁花满枝，到随风飘落，再到最后满树青青的叶子，每一个染着花香的日子，都在我眼中心底留下芬芳的痕迹。而河边的花开，虽然也日日经过，却也只是经过，经眼而不经心。偶尔兴起，拍下几张照片，也不过是刹那的美。直到某一天，忽然惊觉，那些花儿已了无踪迹，便也想起，一直想要找五瓣丁香的，看来要等到明年，可是明年，谁知又会是怎样的一场错过。

就是错过。因为自己的错，而走过了许多美好。父亲生病的时候，行动不便，之前他总是去门前的公园里，和一些老人一起谈天说地，每天都很尽兴。忽然之间便闷在家里，我看得出他的落寞，有时候他想和我说会儿话，我却会感到厌烦。后来父亲便在一个本子上写回忆录，自己与回忆对话。我看着，也想没事时就用轮椅推着他去公园多转转，可是总觉得手头有做不完的事。舅舅去世，母亲回老家，那几天我照顾着父亲的起居，每天凌晨四点便随父亲醒来，起床，收拾完毕，父亲坐在椅子上，给我讲着许多往事，我便用心地听，偶尔插话。父亲一讲就是一两个小时，讲得很痛快。

父亲走得比预想的要早，在我们还没有心理准备的时候，就突然走了。那时我才想起，我还没有推着父亲去公园里好好转转……就这样匆匆走过了父亲的生命，那么多的遗憾和悔恨，幸好有了那几天的倾听，才让我在无边无际的疼痛里，有了一丝丝的安慰。

就像邻居那一对老夫妇，每天的清晨和黄昏，都相依着去散步，在朝霞里，在夕阳里。他们走得很慢，似乎每一秒都留下了足痕。我们深爱着的人，常常会因为离得太近而忽略，从而在另一条路上走得太快太远，或是猝不及防，或是时过境迁，离别已经近在身畔。然后会发现，那些我们为之奔走的，其实并不是生命中最重要的。许多的辜负，许多的错过，都是因为我们模糊了心里的深爱。

我们走得比相遇更快，比相伴更快，某些事，某些人，不经意间就成了过往。慢慢走吧，让脚步在流连的人或事上留下暖暖的印痕，那本身就是一种深爱。深深爱吧，从生到死，从启程到终点，把急急的光阴用轻轻的脚步拉伸成极细长的弦，每一步都奏响着舒缓而无悔的旋律。

深深爱，便避开了流离；慢慢行，便追不上遗憾。

最后的游戏

一个初夏的午后，阳光暖暖，她把一些箱子从角落里拽出来，准备整理一下，把没用的东西该扔的扔。箱子里多是一些陈年旧物，大部分都是父亲留下来的。父亲去世三年来，这些东西便一直沉默在那里。

睹物思人，想起父亲的种种，她的心便被回忆淹没。父亲一直像个孩子，喜欢一些稀奇古怪的游戏。而她从小就喜欢和父亲一起做那些游戏，乐此不疲。拿着一本父亲的日记，她一时想得痴了。日记本从手里落在地上，她去捡时，发现有一张折叠的纸从日记本里掉了出来。

她打开纸，上面是一些杂乱无章的字母和数字，是父亲的笔体。起初她以为是什么密码，可是又太长了，而且是一组一组的。她好奇心大起，想着父亲这张纸里肯定隐藏着什么秘密。她试着破译那些字母和数字，以前她和父亲做过类似的游戏，把数字和字母按一定规律组合，代表什么汉字。可是她试了好几种以前的方法，都是茫然无所得。又试着找寻规律，可是依然没有头绪。

面对难题，反而激起了她的好胜心。她在想着，这会不会是父亲在很隐晦地表达些什么。或者是父亲想念曾经的旧情人，也留下了什么

“老来多健忘，唯不忘相思”之类的情话。于是她忘了收拾东西，坐在箱子上，拿着纸笔不停地破解。

她记起十三岁那年暑假，生日前几天，父亲递给她一张纸，说看明白了，就会得到礼物。纸上是一些很古怪的图形和字母数字，她研究了两天，才明白了大概，又用了一天的时间破解，最后终于在小区假山后面的隐秘处，找到一个小小的严严实实的包裹。拆开来，里面是她向往已久的书，绘图版《千家诗》《宋词三百首》和《声律启蒙》《笠翁对韵》。那个时候，她非常喜欢看书，而且对诗词产生了浓厚的兴趣。可是自从父亲去世以后，加上工作繁忙，便很少看书了。

忽然很怀念那些看书的时光。家里别的东西不多，但书却是好几大书柜，那都是父亲的宝贝。想念那样的时光，和父亲坐在书房里，各捧一本书静静地看，偶尔互考几句，阳光柔柔，岁月静静。想到书，她的脑中灵光一闪：纸上的字母，是不是某本书名的开头字母？而那些数字，又会不会是代表那本书中的某页某行某个字？这样一想，便觉得完全有可能，拿着纸便跑进了书房。

纸上的第一组，字母是S和J，S为开头拼音的书太多了，那么J可能是书名第二个字的开头字母。这样一想，她很快从书柜里找到了《诗经》。字母后面的数字分别是35、5、11，她翻到35页，上数第5行，第11个字，是“弃”。她赶紧记了下来，一看父亲留的纸上，这样的组合还有16个，胜利在望，她倍受鼓舞。

用了快一个小时，她才把17个字都找全，分别是“弃、读、续、不、了、哈、戏、唯、继、书、要、玩、就、哈、书、游、可”。这个对于她来说更简单，也是以前和父亲经常玩的，很快，她就把这17个字组合成了一句话：

“唯书不可弃，玩了游戏，就要继续读书，哈哈！”

看到父亲写的“哈哈”，她仿佛看到了父亲大笑的样子，便也哈哈地笑，就像父亲就在眼前，她一边笑一边说着：“这个老顽童！”笑着笑着，眼泪就淌满了脸。

她知道父亲用最后的这个游戏，来寄托一种希望，希望她继续读书。她和父亲以前玩游戏时有过约定，就是玩了游戏，就要遵守最后的结果。那结果可能是一句话，可能是一件事，都在答案揭开的时候出现。而且她了解父亲的风格，父亲煞费苦心地用了这个游戏，那么，提到的这 17 本书，便是父亲想让她好好阅读的书目。

那个午后，她坐在那里，时隔三年多，又和父亲玩了最后的一个游戏。她想着父亲翻阅着那些书，找所需要的字的情形，想着父亲怎样把那些字母和数字写在纸上，而女儿不知要多久以后才能看到。幸好，幸好，她念着，心里满是幸福和眷恋，她湿润的目光抚过父亲的那张纸，对着不知名的空间轻轻地说："唯书不可弃。爸爸，我会和以前一样看书……"

阳光透窗而入，一份久违的温暖，她忽然觉得，那些时光从来就未曾走远。

所思在远道

她在遥远的异地他乡，已经三年了。犹记得初来的时候，一颗心怎样在未知的际遇里起伏，然后便用一种思念焐热着许多的凄凉。那是很强烈的思念，思念同样远在天涯的恋人。曾经天真地以为，只要两心如一，便能冲破很多的阻隔，相伴路途，苦也好，乐也好，有了相携的手，便一切都好。只是，现实的壁垒坚硬得超出了他们的想象，才终于明白，多少别离都是源于这样的无力与无奈。

相思虽苦，她却宁愿相思，因为心里有着重聚的希望，有着共同的梦想。而且，在这人地两生的境遇里，思念的美好可以冲淡漂泊的无依之感。最重要的，相思，是互相的思念，她如此热烈地想着他，她相信，他也同样热烈地想着自己。如此，就是一种幸福吧！

只是，从什么时候开始，那份牵肠挂肚日益浅淡，随着环境的熟悉，随着日常工作生活内容的丰富，原来时时刻刻的想念，压缩成每晚睡前的一种习惯。再然后，习惯也悄悄地变了，那份思念只是偶尔出现在朦胧的旧日梦里。再强烈热烈的思念，也终会随着时光渐淡渐远吧？她有时会满怀感慨地这样想。当初彼此间的思念不可谓不真实，情感也不可谓不深浓，她知道，他和自己一样，在岁月中磨灭了思念。

回想更早的时候，自己另一段情感的历程，她便觉得，没有哪一种思念会如刚分离时那般，浓烈到天长地久。海未枯，石未烂，可情感早已桑田沧海，无疾而终的，除了思念，除了情感，还有她心底那份童话般的梦想。没有什么是一成不变的，她渐渐地不再在意，至少不会再向曾经那般，爱得天昏地暗，想得日月无光，痛得死去活来。

和她同一个办公室的老大姐，工作之余总是悠然神飞的样子。她很熟悉这样的神情，曾几何时，自己也是常有着这样失神的刹那吧？便笑问："你是不是在思念某个人啊？"老大姐也笑："对啊，所思在远道。"她又问："是哪个幸福的人能这么让你牵肠挂肚的？他也一定在想念着你吧？"老大姐说："不可说，不可说。不过，我想着他，他却不可能天天想着我！"她在心底也笑，笑这个老大姐这般年龄还没有看透。

回到家里，吃过晚饭，手机铃声响起。她看了一下，是母亲打来的，每隔两三天，母亲都会在固定的时间打电话来。接起电话，果然也没有什么事，母亲一如既往地唠叨着，仿佛她还是上学时的孩子。不是说她这里天气变了，注意加衣服，就是家里的琐琐碎碎。虽然母亲从没问过她个人感情方面的事，可是有那么一段时间，她还是烦透了母亲的声音。除非是特别失意特别无助的时候，她才会于母亲的声音里获得一种温暖，却又要强忍着泪水。

第二天上班，闲暇的时候，她看到那个老大姐又在发呆，然后在一张纸上写着什么。她悄悄走过去看，是两句很有诗意的话：你城市的晴雨，是我心底的悲欢。如果是以前看到这么酸的话，她定会嗤之以鼻。可是此刻，心底却涌动着一种很柔软的感动，她轻轻地对老大姐说："我知道你在思念谁了！"老大姐对她温柔地笑，眉眼间的爱意如暖暖的河。

能一辈子思念着一个人，能把一种思念不为岁月篡改，除了母亲思念远方的儿女，还会有什么？她向窗外望去，九月的阳光正纷纷扬扬地洒落，她仿佛看到了母亲的身影，在她们之间的几千里路上，这一刻，铺满了爱。

影暖留痕

有些影子，在心上留下痕迹，就像一朵永不熄灭的火，永远散发着温暖的感动。

在我还是少年的时候，有一个场景一直记着。村里有个男人，在农田里干活休息的时候，他都会站在母亲的身后，挡着太阳。那时他们一家子都要下田里干活，原始的耕作，繁重的农务，其实每一户都是如此，只要能干的，都要去干。母亲坐在地头，无树荫，他便站成一棵树，影子覆盖在母亲的白发上。有太阳的每一天都是如此，他就站在母亲身后，用草帽给母亲扇着风，母亲坐在那里，白发在轻轻摇曳。

那样朴素的年代，那样朴实的情感，太阳在上，并不高大的影子却凝重如山，在我成长的心里刻下了不灭的印痕。

初中时已经搬到县城，班上有个女生，很沉默，极少与别人交流交往。即使每天下晚自习，天已经那么黑，她也是独来独往，并不像我们成群结队或者有家长接送。大约过了一年多的时间，她忽然转变了，开始融入我们，开始笑，开始让青春和友谊同行。她从不说改变的缘由，直到多年以后，我们早已天各一方，才在她的博客中看到答案。她从小就失去了母亲，和父亲相依为命。而父亲对她极为严厉，早早地锻炼着她自立的能力。她起初不解，抱怨，甚至仇恨，极为羡慕那些放学就有父亲来接的同学。有时候，她会想，父亲即使不能来接自己，要是在日常生活中多给自己些安慰，她也不会如此耿耿于怀。

事情发生在一个雪还未融尽的初春之夜，下了晚自习的她急匆匆往家走，天上的月照着地上的雪，并没有黑暗的笼罩，可是她的心里还是充满恐惧。而且她能听到身后不远处传来轻微的脚步声，几次回头都没有人影。转过一个巷角，她再次回头，却见在月光的斜斜照射之下，一个影子从转角外面投射到这边的地上。看着拄着拐杖的影子，她的泪水喷涌而出。她写道："父亲温暖的影子，一下子就融化了我心里所有的坚冰。"

并不是所有的影子都是阴暗，有时候更是我们心上的棉衣，呵护着一颗心的温度。也并不是所有的影子都是虚幻，有时候却是我们最真实的留恋，给了我们勇气和力量。

高中的时候，暗恋班上一个女生，纯澈的岁月里，那种心情悄悄地盛开。她坐在我的侧后方，有时候总想转头去看她，就像只要看上一眼，便能静下心来听讲学习。我的文具盒盖的里面，有一面小小的圆镜，我把文具盒半开，调整角度，便能看到她的一个侧影。不知多少个日子，就是在那个侧影的陪伴下度过。那面小小的镜子，仿佛我青春里的一扇窗口，让我看见一个美好的影子，给我鼓舞。

直到高考结束，我也没有同那个女生说上一句话。许多时光流走，甚至已经淡忘了那个人的容颜与名字，却依然清晰地记得那个镜中的侧影，给我的青春岁月带来太多的安慰与憧憬。

上了大学以后，由于种种原因，有一段时间心情很不平静。那时候，我便会拿上一本从图书馆借来的书，坐在宿舍后面的台阶上看。多是黄昏时分，看几页书，便抬头来看对面不远处那棵树，枝叶摇摇，有时夕阳会把它的影子送到我的脚下。于是心儿也跟着轻轻颤动，书中的情节仿佛氤氲开来，一时宠辱皆忘。就这样形成了习惯，只要不是十分寒冷的时候，我都会在傍晚坐在那台阶上看书。间或看着那棵树的影子渐渐地变长，变淡，就像它的花儿谢落，满树叶片青青。在那样的时候，它的影子伴着我，仿佛时光里的涟漪，直入心灵的感动。

依然记得那树影，已成为我大学生活最难忘的情景之一。多年以后，忽然在我们学校的网站论坛上，看到一些校友回忆过去的校园生活。有个人在问，你们记得吗？在二舍的后面，每天的傍晚，台阶上总会坐着个男生在看书，几乎每天都是如此。下面许多人回答，都说有这回事。一个女生说，当然记得，我每天都要看那个身影很久，就像一个温暖的剪影，给了我太多的感动，许多年来一直不曾忘掉。

心里奔流着温暖的河，原来，在岁月中，我也曾成为温暖别人眼睛的影子。那份暖多年后重回我的心底，让我的生命在这苍凉的世事中，永远保持着春天的温度。

你怕的时候，我就不怕了

她眉飞色舞地和我说：“那次我是真的害怕了，谁想到开玩笑说着的事一下子就成真呢？”

我心下却颇不以为然，一个女汉子，性格暴烈，脾气如火，她老公在她面前显得比女子还弱势。这样的一个人，居然也会有害怕的时候？她以前总是嘲笑她老公，说她老公一到夜里就喜欢给她讲恐怖故事，结果还没把她吓着，自己就先吓得用被子盖住了头脸。

她说的害怕，是在前几天夜里。她加班到很晚，老公去接她，回来时经过一条漆黑狭长的巷子，两旁是高高的墙。她老公的那根筋又痒了，说：“要是从黑暗里出来一个鬼怎么办？”她讥讽：“别一会儿把自己吓得腿软走不了道！”他依然说：“就算没有鬼，出来个劫道的，也够吓人的呢！”

她正想也吓吓他，忽然就真的从黑暗中蹿出个人影来，拦在他们身前，看不真切，只有声音穿透黑暗的阻隔：“把钱都拿出来！”

面对突如其来的劫匪，她是真的害怕了，不过她还有闲心去想，老公一定还不如她，会吓得瘫坐在地上，弄不好都得尿裤子。却没想到，在这个关键时刻，身旁的老公却大吼一声冲了上去，然后便是一阵厮打的声音。也许劫匪猝不及防，或者被她老公的气势吓住，竟转身跑了。

幸好老公只是衣服被刀子划破，并没有伤到皮肉。她很幸福也很感慨地说："从那个晚上开始，我才真正认识了这个和自己一起生活了好几年的男人。原来我以为他比我胆子小，得靠我保护呢！"

事后，她曾问过老公，当时怎么胆子就那么大了，敢冲上前去。她老公只说了一句，你怕的时候，我就不怕了！她说这是她听到的最动人最动心的一句情话，每一想起，总是让她的心里充满了甜蜜。

你怕的时候，我就不怕了。简单的一句话，多少情感和关爱藏在其中。

其实在她小时候，母亲也曾这样做过，虽然母亲并没有说出这一句。她说她的母亲其实胆子很小，特别是只有她们母女相依为命后，每到夜里，只要院子里的狗一叫，母亲便会紧紧地把她搂在怀里，她能感觉到母亲的颤抖。

有一个晚上，她们刚躺下睡觉，便听到院子里传来很响的一声，就像是有人从墙上跳了进来。然后便是狗不是好声地叫，她当时吓得心跳都快停止了，连哭都不会了。她想到了母亲，便想像以前一样让母亲抱在怀里。可是母亲却飞快地穿上衣服，下了地，抄起门后的一根木棒，打开门就冲了出去。她蜷缩在被窝里，全身发抖。渐渐地，狗不叫了，外面恢复了宁静。

母亲回来后，把她搂进怀里说："不怕，坏人已经跑了！"那一刻，在母亲的怀里，恐惧之心顿去。她其实知道母亲也是害怕的，只是为了保护自己，才会爆发出巨大的勇气和力量。她长大以后，一个人在外面，历经了多少次害怕，却再没有那样一个怀抱，她只能让自己一点点坚强起来。

她给我讲，后来，母亲就老了，就病了。而且经常糊涂，犯病的时候，唯一认得的人就是她，剩下不管见到谁，都吓得躲藏到角落里。有一次她回去，母亲在看电视，她便去厨房做饭。忽然，就听到母亲一声尖叫，然后是撞倒什么东西的声音。她急忙跑进客厅，或许是电视中的什么情节让母亲受了惊吓，母亲蹲在沙发后面，全身瑟瑟发抖。

那一刻，她想起了小时候的自己。便跑过去，把母亲紧紧地抱进怀里，感受着那颗无助的心在自己的安抚中慢慢平复。母亲忽然清醒过来，很不好意思地笑，问道："你小时候胆子最小了，怎么现在不害怕了呢？"

她记起了老公说过的话，便含着泪说："你怕的时候，我就不怕了！"母亲满脸的幸福，眼中也闪着泪光。

你怕的时候，我就不怕了！要多少的爱，多少的付出，才能汇聚成这一句的温暖与多情！这也许不是人世间最美的话语，却是我们每个人的心底，最幸福的声音。

无　价

一

他坐在我对面，古老的绿皮火车爬行于东北大平原上，无边无际的春天从敞开的车窗扑进来，把他脸上的笑容点染得生动无比。

“然后，有一天我母亲病了，不能出去卖冰棍了，我就背上那个大大的冰棍箱子，走进大街小巷。”他的目光清澈得能够穿透沉沉的岁月，回到曾经那个炎热的夏日。

十二岁的少年，走在七月的阳光里，走在各种各样的目光里，一声声的吆喝从他的口中飞出来，就立刻被阳光融化了。箱子很大很重，背在他还稚嫩的肩上，满脸的汗水却洗不去那份灼热。

不知走了多久，喊了多少声，一个六七岁的小女孩从一个院子里跑出来，看着他脸上的汗，问：“哥哥，这么热，你怎么不吃根冰棍凉快凉快呢？”他便一下子想起平日，母亲卖了一天的冰棍回来后，总要给他留两根。他吃着清凉甜爽的冰棍，从没注意过母亲的汗水。此刻，他知道，妈妈肯定是一根也舍不得吃的。

他满怀希望地问小女孩："你买冰棍吗？"

小女孩眼里闪着渴望，她伸出手来，掌心里是一枚两分的硬币。那时的冰棍就是两分钱一根，只是女孩说："就是这个钱中间有个小洞，不知道能不能花了！"他接过来一看，硬币中间果然被穿了一个细小的洞，看着女孩的神情，他说："能花！"女孩立刻笑了，那朵笑让他觉得似乎凉爽了许多。

就像这样，他卖出去了第一根冰棍，挣到了平生的第一份钱。那个下午，他回到家里，兴奋地把钱递给妈妈，然后拿出两根冰棍来递给妈妈，说："这是我给您留的！"

他把那个带孔儿的两分钱要来，留作纪念。那是他此生的第一次经历，也是第一次体会母亲每天的艰辛，他要把这枚硬币一直珍藏。

我说："真想看看那个两分钱的硬币！"

他从外衣里面脖子上摘下一根细绳，上面穿着的，就是那枚穿越了三十年岁月的硬币。我仔细地看着，它是 1980 年生产的，如水的光阴和不息的心跳，已经把它濯洗得莹润无比。

还给他时，我忽然发现，那根细绳竟似也很古老，而且编得很特别。见我注意，他微笑着告诉我，那是出自他父亲的手。

我亦微笑，我知道，那是属于另一个故事了。

二

她打开书柜上一扇门的锁，门上贴着"概不外借"四个字，从中拿出一本厚重而古老的书，珍而重之地抚摸着。这是一本《中国古典小说鉴赏辞典》，我想，这可能就是她要给我欣赏的宝贝了。

而她却翻开书，在某两页间夹着一张已经泛黄的纸。也许上面是谁留下来的很珍贵的话语，或者，是有关身世的只言片语，却记录着一个父亲或者母亲当初的伤心与无奈；再或者，是某些和爱情有关的只言片语，在时光里依然鲜活。

她淡淡的话语却打破了我所有的想象："这是一个药方。"

于是，想象力再次活跃起来，或许，这是一个很神奇的方子，曾救活过她某个重要的人；或许，这个方子牵连着家族里的一段爱恨情仇；再或许，它并不是一个真正意义上的医学方子，只是一种治疗心灵的方法……

我接过那张纸，它在时光的累积中已薄如蝉翼，上面的字迹飘逸而不失锋芒，一看就知是有着书法功底的人写就。仔细阅读，并没有什么"快乐一钱，自足两钱"一类的东西，还真是一个纯粹的药方。对此道本就了解不多的我，看了两遍也没能判断出是治什么用的。

我知道一定有故事。便等着她讲。果然，她说，父亲博览群书杂学旁收，几乎无所不通。她从出生就没有了母亲，和父亲相依为命，而她还没成长到可以照顾父亲的年龄，父亲便急急地走了。

"那么这个药方？"我问。

这个药方，是她父亲病重时写下的，并说这是一个很神奇的方子，以后如果需要时，可以试试。她告诉我，这个方子的神奇之处还在于，虽然只是普通药物，寻常配伍，但是，即使不用抓药，就算只是拿起来静心看几遍，也会有着同样的效果。

果然是神奇，这才是珍贵之处。我又看了几遍，却并没有什么特别的感受。便问："这个方子主治什么？"

她充满感动地说："软弱无助，丧失希望，思念成疾！"

瞬间明白，爱，才是这个方子的主药。

风中一张纸

一

那个下午，西风猛烈，不远处一棵树上的叶子纷纷扬扬飘落。我和他在风中奔跑着，追逐一张忽高忽低的纸片。风的脚步恍惚不定，终于在身上出了汗的时候，我们才把那张纸片捕捉住。

之前，就在旁边噪音盈耳的工地上，我找到他，别人托我转交给他一本书，那是一本诗集。接过书之前，他把两手在身上擦了又擦。很结实的小伙子，晒得黑黑的脸上，荡漾开很欣喜的笑。闲聊，知道他家在乡下，进城打工，非常喜欢诗歌，不管干活多累，都要抽空看会儿书，只是书太少，又舍不得买。手头的几本书，他几乎都能背下来。说着，他竟真的给我背了一首席慕蓉的《山月》。

我问："你也写诗吧？"

他的脸红了一下，像一抹晚霞潜入长夜。于是我强烈要求要看看他的诗，他终于从口袋里掏出一张小小的纸片来，还没等我接过来，就先被秋风抢去。

那是一张烟盒拆开后的纸片，是葡萄牌香烟，红色纸张的背面，圆珠笔的笔迹，写着十多行诗句。二十年后的今天，我已经不记得那些诗句，却依然记得当时那份清澈的感动。我看诗的时候，他显得很局促不安，就像一个病人在等着医生的诊断。

看了几遍，我说："虽然我不大懂诗，可是我觉得你写得很好，给我一种很简单的感动！"

他搓着双手，连声问："真的吗？真的吗？"

至今我依然记得他那时的神情，有迟疑，有感动，有惊讶，有欣慰，有希望。于是那个秋天的下午，就伴着他略带羞涩的笑容，轻轻地印在我心上。

也许他不会成为一个诗人，可是，他心里的那份热爱和执着，在这个浮华的世间，已然是一首最朴素的诗。

二

一个很深的春天的上午，我匆匆走在城市的大街上，天气已然转暖，可是心情却没有解冻。那个时候，我正行走在梦想与现实碰撞的边缘，行将豪情散尽麻木侵怀。由于走得太急，被一块砖头绊了一下，没有摔倒，鞋底与鞋帮之间却开了一条口子，暗叹倒霉，只好在路边的一个修鞋摊旁停下来。

修鞋的是一个三十多岁的女人，在她身后的小板凳上，坐着一个七八岁的小女孩，正拿着铅笔头在纸上写着什么。这个时候，来了一个散发广告传单的，女孩站起身，接过传单。一些在街边摆摊的接过传单后，都是略看一眼便随手扔掉，任那些纸片在风中翻舞。女孩便跑出去，追逐着把那些传单都捡回来。

我问修鞋的女人："那是你的孩子吗？捡那些纸做什么，要卖钱吗？"

女人笑："她捡来写字，写满了字再卖钱，买铅笔。"

这时候，女孩回来了，拿着一叠纸片，一脸的高兴。我问她写些什么，她大方地拿给我看，纸的背面，很工整地写着“上中下人口手山石土田日月水火”什么的。这还是我当年上小学一年级刚学字的时候，课本上的那些。便问：“这是谁教你的啊？”她一手指向妈妈。

修鞋女人很不好意思地说：“我也不知道现在小学都学啥，我还是按我那时候学的教她的！”

他们一家从乡下来，租住在城市边缘，她修鞋，男人在工地干活，孩子一直没有上学。总是想着再挣两年钱就回去，有一次，她看见孩子看着那些传单上的字出神，便教她写字。女孩此时又安静地坐在春风里，一笔一画地写着字。离开的时候，我交了钱，又拿出包里一个没用的小日记本，送给女孩，她惊喜的表情像风中突然开出的花，让我的心底浅浅地有了温暖。

继续走在街上，虽然依旧步履匆匆，却忽然感觉到春天已把我包围。

三

想起故乡的一个老人。

那时还小，我经常看到那个老人坐在自家的门口，或清晨，或午后，或黄昏。他一直独身一人，据说是从城里搬来的，老伴死得早，没有儿女，养着满院的禽畜。他经常拿出一张纸来看，村里没人知道纸上写的什么，也因此有了许多猜测。老人性格很怪，几乎不太和别人来往。

那个夏天的傍晚，我从村外回来，经过老人的家，他正坐在门口的一块石头上，在夕阳中，拿着那张纸在看。我走到他身旁时，恰好一阵风，他没拿住，那张纸就随风飘飞了。他很着急地站起来，我忙跑着去追，把纸捡回来。只是当时我还没上学不认得几个字，又是匆匆不敢多看。还给他时，他宝贝似的接过去，笑得很慈祥，这是很少见的表情。

如今回想起来，那张纸已经很陈旧，而且折痕深重，上面全是时光的印迹，仿佛在风中都能被扯碎。字迹很娟秀，字数也不多，只是当时很可惜我什么都没看懂。后来，老人去世，大家才看到那张纸的内容，最后那张纸随老人一起入土。

许多年过去，我依然记得那张纸上的那些话：

“很抱歉留下你一个人，别以我为念，我在那边也不等你，你好好地过日子；很抱歉没能给你留下一儿半女，不过你还年轻，一定一定不要孤独一人；很抱歉在一起的时候，没能好好照顾你，都是你在照顾多病的我，愿你从此有着真正的生活。不说再见，愿君安好！”

听乡人说，老人和他的妻子，在城里时都是学校的老师，恩爱无比。

你看见我的孩子了吗

那时我家刚从县城的一边搬到另一边，依然是平房，初来乍到，对周围邻里还不熟悉。正读高中，有一天放学回来，刚走进家门前那条短街，迎面就急匆匆走来一个三十岁左右的女人，她一脸慌乱，问我："你看见我的孩子了吗？"

我愣了一下，然后想着可能是她的孩子找不到了，就问她那个孩子什么样，穿什么衣服。她描述得很细致，我说没看见，建议她再找找，找不到就报警。她没听我说完，就忙忙地走开了。

结果第二天，又遇见她，她依然那么问我，我很惊讶，孩子还没找到，这么长时间怎么还没报警？可她依然不听我说完，就又去别处寻找了。我看着她，她逢人就问。一个街坊大娘告诉我，这个女人自从三年前孩子丢了，就一直疯疯癫癫的，每天都出来找孩子。这让我想起了鲁迅《祝福》中的祥林嫂，仿佛一种麻木习惯的悲伤，渐渐地就引不起别人的同情。

在这里住久了，也熟稔了每一户人家，对于那个疯癫的女人，也早已见惯不惊。一年后，我去外地上大学，离家远了，很想念门前的那条短街，和那条街上的人。第一个寒假回来，又遇见那个女人，当她问我：“你看见我的孩子了吗？”我竟然觉得很亲切，对她说：“天冷，孩子可能自己回家了，你回家看看！”她听了我的话，真的回家去了。

此后再放假回来，就看不到那个女人了，听说她家搬到县城的另一边去了。短街上少了她的身影和声音，就像空了许多。可是也慢慢地就习惯了，人们也都把这个人淡忘，只是偶尔提及，也仿佛很遥远的事，成了传说。后来，大学毕业，一直在外辗辗转转，我家也搬离了那个县城。故乡，故乡的许多人事，在我心底也成了传说。

十年后，回乡办事，竟与当年的女人再度重逢。

十年的变迁，曾经的短街没有了，那一排排的平房都被高楼大厦取代，徘徊在曾经的地方，思念无依无着。然后迎面走来一个中年女人，踩着一地六月的阳光，脸上是温暖的笑意，问我：“你看见我的孩子了吗？”

熟悉的一句话，往事刹那间都到眼前，我仔细看着眼前的女人，十多年的岁月，似乎并没有在她脸上留下太多的印迹，她就那么微笑着，暖如和风。我诧异地问：“你的孩子还没找到？”

其实问过就后悔，她的孩子是找不到的了，可是一时又不知该怎么回答。她却说：“早找到了！非常可爱，听话，再也不会走丢了！你是以前这里的邻居吧？那个时候，每天找孩子，心里又像糊涂又像明白，其实每个人我都记得，让你们见笑了！”

简单地说了几句，就和她告别，心里有着激动兴奋，没想到她的孩子找到了，她的疯病也好了。既如此，曾经那几年的苦，也是没有白受。她是多么幸运，在绝望之中能峰回路转。在这广阔的世界上，多少丢了孩子的母亲，痛苦终生！

到了亲戚家里，我依然很兴奋，便和亲戚讲了刚才的相遇。亲戚听了，很了然的神情，她说：“我知道那个女的，在咱们县现在很有名的！她早年丢了孩子，疯了好几年，听说有一次她走到福利院那里，一直看着那里的那些小孩，一连好些天都去看，一看一整天。有一天回来，她就好了，不疯了。后来，她就去福利院领养了一个小孩，比亲妈照顾得还好。那以后，她每年都领养一个小孩回来，还包了郊区的一块菜地，扣大棚种菜，好养活那些孩子！”

心里如同掠过一场流星雨，很美丽的震撼。原来，她说找到了自己的孩子，是这样找到的！原来，她的幸运，是来自自己的善良！原来，一份没有终点的母爱可以给更多的孩子！忽然明白，为什么她的笑容那么温暖，那是因为她的心中有着一个美好的世界。

亲戚还给我翻找出本地的一张报纸，上面有一篇关于那个女人的报道。记者问，为什么你会每年都收养一个孤儿？她说，我对那些孩子更好些，别人也可能对我的孩子更好些！

就是这么简单的初心，没有什么煽情的语言，而越是纯净的，便越真实，越可贵！她给了那些孤儿一个温暖如春的世界，也把自己的心从痛苦的深渊中超脱出来，这种幸福，不是幸运，而是爱与付出。

我梦见你了

一

一个很深很深的夜里，或者可以说是接近黎明的时候，她被很轻微的一声手机提示音唤醒。拿起手机，有五个字发过来：我梦见你了。

于是，在这个依然寒冷的夜，她再也没有了睡意。那是多少年前了？她和他在茫茫的网络空间里相识、相知，并彼此鼓励着度过了一段很难忘的岁月。她和他都知道，他们这并不是爱情，却是一种很怡然的相伴。然后，就渐渐地在各自的生活中走远，虽然都存在于网上，连偶尔的问候也少了。有时候，她会关注一下他的动态，相信他也在看着自己的，这样彼此看得见对方的生活，也很好。

她猜想着，他怎么会忽然梦见自己，而自己在他的梦里，又会是怎样的形象和情节，或许会像多年以前，脸上有着很清澈的笑。从梦里走出来，他肯定会想起曾经的时光吧？然后有了感慨，也有了怀念或者眷恋，然后发了那五个字过来。在这个时刻，他们也许正想着同样的事，有着同样的心情，天涯便也不再遥远。

有一种情感，并不会淡去遗忘，一直在，哪怕是寒夜里短短的五个字，却贯穿着太多的过往。那份不期然的温暖，就会像那个梦一般，一下子就点亮所有的日子。

二

那个晚上，他梦见了母亲。梦中的自己，依稀还是儿时，在母亲的身边，那么温暖，那么安全。可以尽情地笑，放心地哭，母亲的呵护像阳光般围绕。然后，他就在笑中在泪中醒来，依然是离故乡千里之外，自己依然是鬓染秋霜的中年人，在生活的重重压力下，每日里奔波劳碌。也只有在这样的梦里，才是最无忧的时刻。

早晨，他迫不及待地给母亲打电话，想象着隔山隔水的母亲已垂垂老矣，心里翻涌着说不出的酸楚。电话通了，他说："妈，我梦见你了！"

良久，母亲的话才幽幽传过来："我几乎天天梦见你！"

他怔然，难过，无奈，心痛，悔恨，许多情绪交织着。他在母亲那里夜夜入梦，而离家多年，自己又有几次梦见母亲？当年刚离开家不久，母亲就打来电话，告诉他，她梦见他了！而他却很是不耐烦，说母亲小题大做，从那以后，母亲便把所有的梦深藏起来。

从没有哪一刻，如此刻，愧疚那么深、那么重。总会有许多的借口，总是在世事的辗转中，将母亲遗忘。而在老家，母亲却日日为自己担忧着。自己偶尔的一次梦见，却又让母亲欣慰中有着期盼。

又是很久很久以后，一个夜里，他又梦见了母亲。自己在梦里却不再是儿童少年，母亲也不再是年轻的容颜。然后，依然是在笑泪中醒来，难抑的思念如浪潮涌动。他在心底不停地喊着："妈，我梦见你了！"

只是，在这个世界上，再也没有那个温暖的声音来回应他了。

三

那还是电话很不普及的年代。他跟着建筑工程队全国各地施工，每年只有过年的时候，才能回来。他经常给家里写信，写信的时刻，便仿佛忘了一天的劳累。而妻子也常给他写信，读着妻子的来信，心里便盛满了甜蜜与希望。

有一次，他正在南方某个地方施工，早晨的时候，有人喊他接电话。他很诧异，并带着恐慌。因为每到一处，他只是把办公室的电话写信告诉家里，说有急事的时候可以打电话。他忐忑着接起电话，是妻子，妻子似乎舒了口气，说："没什么事，家里也都好，就是，我昨晚梦见你了！"

他也舒了口气，担忧之心顿去，感激之情涌起，便说："我这里一切都好，活也不累，我会经常写信给你！"

匆匆几句，他便挂了电话，因为长途电话费很贵，而且，妻子还要跑去八里外的镇上，才能打长途。他的心暖暖的充满了爱意，为了妻子的梦。

而遥远的地方，妻子放下电话，也是满心的温暖。她昨晚的确梦见了他，只是，却是梦见他在工地出了事故，受了伤，便急急地跑到镇上打电话。听到他的声音，她就放了心。

她只说，我梦见你了，其余的，尽在不言中。

三个人，三朵笑

我笑的时候，她看着我，也在笑。

她是一个小小的女孩，六七岁，梳着两只冲天的辫子，站在六月的阳光下。她仰着脸看我，弯弯的眼睛里，全是不知由来的笑意和蓝天白云。本来我也不知为什么忽然发笑，而且笑得不能自抑，也不是想起了什么好笑的事，更没有看到可以解颐的场景，就像心里深埋着一颗种子，就毫无征兆地破土而出，很突兀地开出一朵花来。

我笑得莫名其妙，笑够了，才发现眼前这个小女孩笑得更莫名其妙。于是我问她，怎么笑得这么开心啊？她说，看到你笑，我才笑的。我说，我笑的时候很好笑吗？她愣了愣，脸红了一下，看到你笑，就想笑，不是可笑。然后她就跑远了，跑到那边开花的树下，回过头，又笑了一下，眉眼弯弯，仿佛天地间最清澈的存在。

也许不经意冒上来的笑容，不掺杂一丝世事的风尘，就像清清缓缓的河流里，偶尔泛起的浪花波纹，落进别人的眼睛里，会映照出许多单纯的美好。就像一朵花唤醒另一朵花，可遇而不可求的清宁时刻，所以，我和那个小小的女孩所交换的那一朵笑，可能会是此生唯一的无思与无忧的相遇。

而我哭的时候，他看着我，在笑。

他是一个老者，我当时没有注意到附近有人，结果哭过后，一回头，就看到他的笑脸。我不知自己此刻的满脸泪水，和刚才的哽咽失声，在他的眼中，在他的笑里，会是怎样的一种触动。

那时还是在青春的最后岁月，一次次失意，一场场别离，在心底越积越高，终于在那个午后坍塌，化作汹涌的泪决堤而出。那个老者，看他的举止气度等方面，并不是一个学者或者老儒，也不是教授或者文坛前辈，就是一个普普通通的老人，带着一脸笑意。在那笑容里，我没有看出嘲讽，也没有看出调侃，更没有看出慈祥，就是有一种很纯净的意味，和一丝很悠远的超然。

所以，我没有感到恼怒，只是有着一些赧然，当然也没指望着他能给我一些启示一些开导。便也不想多话，擦了眼睛准备离开。老者却叫住我，说，看着你哭，我想起了自己像你那么大的时候，所以我笑了。然后是一丝极细微的叹息，像没有痕迹的风，吹拂着身畔葱茏的草木。

足够了！还用什么开导和启示？回去的脚步轻松无比，泪水洗过的世界也清亮无比。老者的笑，相逢我的泪，就像晚霞相逢朝云，时光衔接记忆。走过这一生，还有什么是超越不了超脱不了的呢？就像老者的那一朵笑容，盛开在层层的岁月之后，才应该是最美的绽放。

当那个人笑的时候，我却哭了。

在外面辗辗转转，浮浮沉沉，当所有的梦想都淹死在茫茫的人海里，家就成了最温暖的归宿。当我踏上归途，行囊空空，连梦想都遗失殆尽。家乡的小县城，熟悉的街道，亲切的乡音，如无形的手指，轻抚我的疲惫，又像暖暖的波浪，濯洗着异乡的风尘。走进我家所在的那个胡同，熟悉的陌生人依然在叫卖着各种东西，声音依然如少年时那般悠长。

然后，就看到那个人，他颠颠倒倒地走出来，还是穿着过去的那件极破旧的绿军装，背着一个破袋子。看到我，他脏脏的脸上便堆挤出一个笑，嘴里也发出很夸张的笑声。从我小时候起，他就在这里，一样的穿着，一样的笑，大人们说，他是个傻子。这么多年过去，岁月似乎忘了他的存在，感觉他依然是我小时候的样子。在外面的奔波中，早已忘了他，却在这一刻，当他对我笑的时候，我的眼泪竟然不受控制般滴落。

总有一些曾经的熟悉，会在不经意的某个时刻，猝然击中心中最柔软的部位。哪怕世事沧桑，人情冷暖，哪怕久别重逢，山长水阔，那样的瞬间，生命真实得胜过徒劳的千万日。当我黯然的心牵着沉重的脚步，当他脏兮兮的脸上绽放出最纯净的笑，我心里的暖流便被召唤着，化作最真实的两行泪，洗亮了眼前的世界和生活。

在人生的长路上，在岁月的河流边，我们总要拾起一些美丽的笑容，让它们生长在尘埃里，如永不败落的花儿，点染着许多的心境。那么，就这样美丽地走着，走着，或许，我也会绽放一朵笑，一直一直开在某个路人的心里。

热爱的天空飞过三只鸟

少年时曾有一阵子狂热地爱上了诗，看席慕蓉，看汪国真，许多诗都抄下来。并无病呻吟地模仿着写了好多，写满了几个日记本。那时也有好多伙伴一起喜欢着诗，在朴素的年代，我们经常聚在一起，讨论诗歌，或者大声诵读自己的作品。那些年轻的时光，燃烧着太多的激情。当时觉得，诗歌可能会是一辈子的热爱，不离不弃。

我曾看过三幅很奇妙的画，三幅画的名字都叫“热爱”。第一幅，一只火凤凰正飞过天空，身上烈焰飞腾，周围云蒸霞蔚，画的右上角有两个字：如火。这也许是热爱的第一个阶段吧，回想自己热爱诗歌的那段经历，果然是如火般热烈，那份炽热焚天煮海，一往无前。可是，不知何时，心里的那团火便微弱下来，直至熄灭。仿佛曾经的痴迷是隔世的事，回望，留下的，只是一些灰烬里的沧桑和喟叹。

下象棋，是我大学毕业后开始疯狂地热爱，那个程度比之当初爱诗歌有过之而无不及。每天都去附近的公园里，埋头于树荫下的棋摊，和一些老者对弈得忘了季节。床头摆了许多棋谱，经常在灯光下打谱到黎明。即使走路的时候，头脑中都是各种开局和中局扭杀的盘面，而梦里也经常徘徊于楚河汉界，跃马横车。空闲时四处找高手切磋，仿佛天地都成棋局，人人都成棋子，而我成了俯视着的局外人。

那份热爱度过了最初如火的热烈阶段，却没有像当年的诗歌般消散。在那两年悠然而缓慢的生活中，象棋成了一朵美丽的浪花，生动着前前后后的日子。沉静下来之后，棋艺反而增长很快，也总去参加一些比赛，甚至有一段时间感觉到，象棋是生命里不可分割的。走过了火般的热情，也走过了水般的清澈与深沉，剩下的，就是一生的相守了吧。

只是没有想到，三年的热爱也会烟消云散。散在日复一日的奔波里，散在无数厚重堆积的压力里。再没有那样一份无瑕的心境，去承载那些无尘的热爱。

叫“热爱”的第二幅画，依然是一只鸟，却是从一条平静的大河里渐渐幻化而出的一只由水组成的鸟。画上的两个字是“如水”。想想，我已经走进了热爱的第二个阶段，却是硬让生活掐断了源头，抑或我的心屈服于黯淡，让热爱断了根。所以经常不敢回首，怕水枯后那些干裂的河床，咬痛心底的流连。

到底有没有一种热爱是长久的呢？我认识一个老者，一生嗜书如命。看了一辈子的书，虽然书并没有让他的生活有什么改变，可是他却怡然自得，别人认为皓首穷经而无用，他却觉得心里的满足才是最大的用。他对书的热爱和我们差不多，起初是痴迷得不行，就像我当年看那些小说，四处借书，只恨书少，只恨时间短。然后就是走出无忧的学生时代，在现实的生活中渐渐消磨了激情，而书依然相伴，作为一种缓冲，一个精神的后花园，放牧着疲惫的灵魂。

不走到最后，我们可能不会知道那种热爱是不是到了圆满和极致，否则便一直是在过程中。读书之于我就是如此，一路走来，书是唯一行李。当许多的热爱消散，当最初的火被流年琐事扑灭，当中途的水被漫漫的世事尘埃凝固干涸，而书却一直在，不管怎样的境遇之中，书就是我的心灵憩息之地。

我不知道自己会不会如那个老者般，将这份热爱保持到最后。不过当我走过火的热烈水的流深，对书的热爱却在慢慢变成生命的一部分。

那第三幅画，还是一只鸟，不过却是在一座山顶的悬崖上，一块巨石酷似雄鹰凌空，与大山一体，傲视天地。那两个字是“如山”。热爱的最后一个阶段，就是如山般厚重，和大地融为一体，不移不动。我们的热爱，如果走过最初的心动而不放弃，就会渐渐成为生命中不可分割的一部分。

人说热爱是一年火，三年水，一辈子山。一生中能有一种这样的热爱，那么，什么样的天空都会留下自己的痕迹。

过尽飞鸿字字愁

教室里，我们大声地参差不齐地念着：

天气凉了，树叶黄了，一片一片叶子从树上落下来。

天空那么蓝，那么高。一群大雁往南飞，一会儿排成个“人”字，一会儿排成个“一”字。

啊！秋天来了！

作为东北大平原上农村的孩子，我们对秋天的种种真是太熟悉了。我那时就很喜欢秋天，当庄稼寥落以后，大地是那么空旷，目光可以自由驰骋。南归的雁阵是我们见惯了的，它们总是从西边高高的天上飞过，我觉得它们可能有一条固定的云路。

我愿意看大雁路过我们的村庄，它们使天变得更高了，它们的啼鸣也声声垂落下来，挂满了大地上日渐疏朗的树。我总是幻想，自己的目光攀上大雁的背，从天上俯瞰我的家乡，会不会看到村西头某个院子里，那个正在仰望的小小少年？我的心是欣喜中带着憧憬的，想象着大雁是前往怎样一个温暖的去处。彼时的心里是那样清澈，没有关于秋天的萧瑟与落寞。天上移动着的“一”字和“人”字，在我眼中写满了美好。

记忆中的雁阵，是写在天空上的一句诗，却没有离愁。

大雁是光阴的信使，一个个秋天就这样随雁影远去了，仿佛只是刹那间，便已时过境迁。

可当我少小离家，当三十年未归，当中年回望，故园上空的归雁，却真是字字如思行行成愁。“鸿雁在云鱼在水”，大雁再也不能传书，却每一只都载满了我多年前的目光，可那些目光再也遇不见家乡。现在的秋天，我再也看不到南归的雁，大雁和我都迷失在世事的风尘里，也许大雁已改道他乡，抛弃了我蒙尘的眼睛。

当故乡的过雁变成心底化不开的苍凉，才发现，我竟然那么羡慕那些大雁，它们虽然年年为客，却也年年归乡，许多年过去也不曾迷失。可是我，早就漫漶了回家的路，只能一次次在心里、在梦里，去亲近那些遥远。

在故乡的时候，也曾多次看过失群的孤雁，它们啼叫着滑过天空。可当时我依然没有伤感，它们虽然失了群，却没有失了那条云路，总有一天，它会与同伴们相会在一个温暖的地方。忽然觉得，离开了故乡，在风尘中漂泊的人，每一颗心都如西风中的断雁，只有哀伤，没有了希望。归不去的故乡，聚不了的亲人，各自在风中离散苍老，我们走的，是一条不能回头的路。就这样处处是他乡，年年为异客，直到老了，走不动了。

可是我现在多想再仰头看看那些整齐的身影，不管它们在天上写下怎样的变迁，不管它们在我心底写下怎样的沧桑，在我湿润的目光里，依然会重叠着曾经的感动。至少，它们会给我一种亲切感，那一声声啼鸣，也会洗去心上的一些尘埃。可是大雁不会理解我们，曾经想飞的心是那么热切，不管飞多高多远，都会有无奈在等待着，虽然并不会后悔，可飞不动的时候，就想归去，一回头，却茫然无路。

故乡在时光中遥远成不散的温暖，却在现实与变化中遥远成面目全非的陌生。

故乡的天空依然那么蓝、那么高，多年前的那群大雁依然往南飞，一会儿排成个“人”字，一会儿排成个“一”字。原来，它们早就在我的心底写下了一首深沉的诗，让我用一生去阅读。

星期几最快乐

曾经戏问过许多人这个问题，大多数人都表示，星期几快乐并不清楚，或者没有固定。可是，星期一最痛苦却是一定的。

也许上班的人多会有这种感受，只是我上班的时候，是倒班，白班，前夜班，后夜班，轮转不休，根本没有什么周六周日，各种节假日更是没指望。所以并没有那种接连放松两天，周一去上班的那种心情。后来，辞职，自由了，就更没有星期几的概念，每天都一样。有时候很羡慕上正常班的人，有着心情上的起伏，期盼，快乐，痛苦，等待，交织着，生活便有了波浪。

于是，我和上班的人互相羡慕着。他们羡慕我每天都是礼拜天，无拘无束，自由自在；我羡慕他们能有等待和希望，更有固定的收入。便觉得，真的是生活在别处，没有经历过的生活总是给人以吸引力。

也有很多上班的人和学生觉得星期六最快乐，工作学习了五天，骤然放松，而上班上学还远在后天，这一天真的是无忧无虑。可以安排许多精彩的内容，也可以什么都不去想，什么都不去做，就那样静静地待着，也够幸福的了。到了星期天，幸福的潮水就有些退了，想想明天又要去上班，又要去上学了，便很是不爽。

星期一离快乐最近也最远，近得紧跟着快乐之后，让快乐的火焰迅速冷却熄灭；远得隔着五天的时间，才能重临快乐，是枯燥无味的开端。所以，星期一就成了最痛的一天。而星期五却全然不同，那份激动已经先行占据了身心，为即将到来的快乐。

可是，事情总有例外。

有个在大公司工作的同学，他喜欢自己的工作，每天都沉浸其中，乐此不疲，即使休息了，也会继续学习。连加班这种让人讨厌而无奈的事，他也是乐在其中，也是经常忘了今天是星期几。问他星期几最快乐，他说，每天工作着都很快乐啊!

在很多人的眼里，他是傻子的代表。可是细想起来，快乐着过每一天，也应该是一种境界吧？而且快乐是每个人自心的感受，冷暖自知，也根本不用在意别人怎么看，不受别人看法的影响。

还有一种人，不但忘了今天是星期几，甚至达到了忘我的境地。或者说，是因为忘我而忘了日子。他们或是沉醉于工作学习之中，或是陶醉于自己的生活之中，或充实，或悠然，皆有与世隔绝之感。人的不快乐，多是欲求不满，或是对某些事物的恐惧，或是对眼下生活的厌倦，或是对境遇的无奈，或是对自己的失望。不管哪一种，都会影响着心情。

星期把日子割裂开来，于是每一天都对应着不同的心情，我觉得是好事，如果一成不变的日子，可能我们就会麻木，或麻木于忙碌，或麻木于快乐。

所以，能忘了今天是星期几的人，是快乐的，因为他们忘我，因为他们热爱。

第三辑

暖

陪我一起心疼这个人间

岁月如流，年华飞逝，

要经过多少沧桑多少曲折，

才会明白，心疼就是一种爱。

心疼这个世界，

就是爱这个人间。

只有心还知道疼的时候，

才会有着最美好的感受。

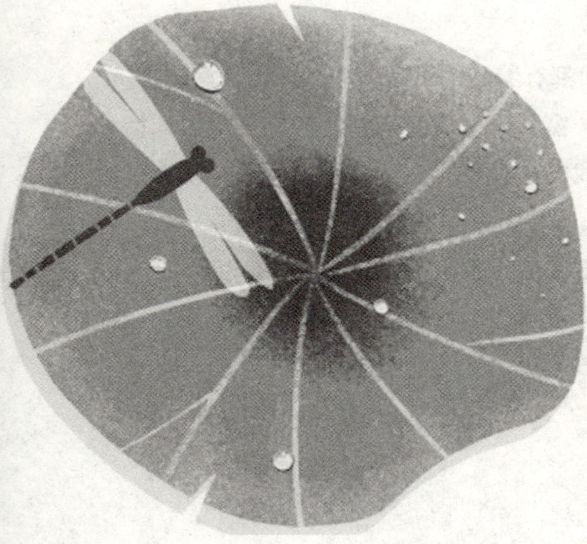

年少多少梦

“还记得年少时的梦吗？像朵永远不凋零的花。”这样的歌声，总会垂钓起一些回忆。是啊，年少时的那些梦，还记得吗？翻看尘封的日记，褪色的字迹依然唤起清晰的过往，一一潮来的，是曾经鲜活的感动。

还记得吗？那些遥远的岁月，我们曾怎样喜欢读书。在朴素的年代，我们的书却是那样少，总是觉得书不够看。于是同学们开始相互交换，当每一家的书都基本看完，便在周末的时候，结伴去县城的图书馆。在没有网络的世界，书就是我们心灵的窗口，让我们于轻轻的欣喜中，看到一个美丽的世界。

那时候，可能很多人的心底，都有着一个书店的梦。多么美好的事，长大后开一间小小的书店，坐拥一窗阳光与满室书香，任流年匆匆却怡然自得，想想就醉了。这真的是我的一个梦，而非梦想。可是，就算是一个芬芳的梦，也会温暖许多成长的时光。

就算几十年的风尘漫漶，许多的梦想都消散于沧桑之中，可是心底的书店梦却一直一直在，依然氤氲着太多的眷恋。虽然许多心情与心境都改变了，但是一想到那个小小的书店，安静的窗，缤纷的阳光，不管心里多烦躁，都会被这刹那间的想象感动。总有些东西是不会变的，总有些梦是不会散的，年少的一粒种子，会用一生的时间去生长。

喜欢看书的少年，总会喜欢看武侠小说。记不清有多少个日子，厚厚的小说，隐藏在课堂的书桌下，隐藏在伪装的书皮后，隐藏在夜晚的被窝里，神奇的世界，刀光剑影在头脑中盘旋不散。金庸、梁羽生、古龙、温瑞安……他们构建的成人童话，曾使多少少年沉迷其中。总是想象，自己就是那个浪迹天涯的侠客，琴剑飘零，快意恩仇。而且当时，电视台还播放着《射雕英雄传》，更是形神俱备，已成了一代人的记忆，于是武侠热迅速升温。于是内心便拓展开一个世界，自己纵横无敌，各种情节交替上演。有时候那个世界在心里成熟了，还会在一个日记本上写自己的武侠小说。

多少男生都曾拥有过这样的世界，单纯中豪情万丈，幻想中气象万千。武侠梦，是我们曾经的狂热，也是一生中永不褪色的神话。当有着武侠梦的少年长大，总是会在某一个有所触动的时刻，唤醒心底多年前那个多姿多彩的世界。

后来看到三毛的书，才忽然明白，不只是在武侠世界中的那些人，才可以纵横天下，一个平凡的人，一样能够漫游山水。于是从书中领略到的那些未曾去过的远方，便在心底堆积成了一种渴望。渴望着亲临那些名胜古迹，或名山大川，留下一路脚步与大地的吻痕。想来是很洒脱的事，孤身只影，带上一本书，坐着绿皮火车，到了动心的地方就下车。无拘无束，无牵无挂，什么都可以不带，梦是唯一的行李。

一个漂泊的梦，带着年少的心，带着对世界的好奇，带着心灵上的感动，就这样被放飞了。漂泊梦，和书店梦、武侠梦不一样，它是介于梦与梦想之间的存在。因为在成长的过程中，或者长大以后，我们自然会有意无意地去到很多地方。虽然未必与年少的漂泊梦有关系，可是，我们总会在去远方的途中，偶尔地记起多年前那个满心憧憬的少年，记起那个少年写在日记本里的梦。

我多喜欢那样的梦啊，可以无关理想，可以不是愿望，只是年少的心底自然而然生长出来的美好世界。就像一泓永不枯竭的泉，不会被世事的风尘所湮没，总是在许多不经意的时刻，与回望的目光相接，便漫流成最初的感动。

我知道，你年少时也有过很多的梦，那么，就和我一起，重温，流连，眷恋，然后，带着最初的清澈的心，继续去走脚下的路。

午夜的收音机

下了晚自习，洗漱完毕，躺在宿舍的床上，熄灯铃也已响过。我们八个人，便都戴上耳机，于是收音机里的声音，便充满了整个夜晚。记得当时我们都在听一档节目，叫《午夜惊奇》，各种恐怖故事，加上让人心悸的音效，使得我们虽然紧张却欲罢不能。

那是二十多年前的大学生活，电脑、网络、智能手机还很遥远，多少个熄了灯后的长夜，小小的收音机便成了枕畔的流连。

有许多岁月是伴随着电波度过的，在安静而朴素的年代，收音机是一个美好的相伴，那么多美妙的声音，让我们知道了世界之大之动人。

中学的时候，有一首歌很流行，童安格的《明天你是否依然爱我》，开始的歌词便是：午夜的收音机 / 轻轻传来一首歌 / 那是你我都已熟悉的旋律 / 在你遗忘的时候 / 我依然还记得 / 明天你是否依然爱我……那时已经有了随身听，当各种磁带已经听得失了真变了音，收音机依然是我们的最爱。小说，评书，歌曲，广播剧，更为纷繁精彩的内容，常让我们在夜里，偷偷地听到很晚。

大学的时候，夜里我们喜欢听的几档节目里，其中有一个便是《歌曲点播》。许多未眠的人，把电话打进直播间，为某个人点播某首歌。有一个夜里，便听到了那首熟悉的歌：午夜里的旋律 / 一直重复着那首歌 / Will you still love me tomorrow……竟是勾起了我们集体的记忆，都想起曾经的年月，一首歌引发的种种。摘下耳机，听到大家都在轻声和唱，在静静的夜里，歌声和往事一起流淌。

我们的小小收音机是自己制作的。当时有一门实习课，叫电子电路，其中的一个动手项目，就是自己制作收音机。虽然是很简单的那种，可是一些频段也都可以收听到。而且当时我们学校还有一个自己的波段，每天晚上播出锻炼英语听力的教程。而到了周末的晚上，则是播一些歌曲音乐，或者小说散文。

邻班的一个女生周末晚上负责这个节目，在一个小小的屋子里，有一套设备。也不用主持播音，就是随意播放就好。那个晚上，大约九点多钟，我在走廊里遇见那个女生，由于都在学生会，很熟悉，她便邀我去那个小小的工作间。我们便坐在那儿闲聊，耳畔流淌着轻轻浅浅的音乐，说了能有半个小时，有人敲门。一个老师进来后，先走到设备前操作了一下，然后才说："你们忘了关掉麦克风了，收音机里能听到有人在说话！"

我们俩都吓了一大跳，想着刚才说的话都直播了出去，一时都惊慌失措。虽然没有说什么怕别人听到的话，可总归是不好的。回到班里，有些同学正在讨论，说是今天的收音机里，有一男一女在说话，就是声音太小，音乐声太大，听不清楚说些什么。便长松了口气，装模作样地打听着，参与讨论。真不知那一夜的收音机，给校园里多少人带来了猜测和想象。后来，大家渐渐地知道了是我们两个，便问，故事的结局怎样。其实，本来就是一个没有开始的故事，又谈何结局？只不过在一场意外下，使得一个不是开始的开始，有了诸多悬念。

那个时候，我们在半夜里，最喜欢听的，是一档直播解答各种情感问题的节目。在那个单纯的年代，我们许多人还不知爱情为何物，率先有了的，也如歌中唱的“爱情只牵牵手”。所以我们听得很认真，在那些打进直播间的电话中，在那些困扰与分分合合中，在别人的爱情里，预演着自己心底的憧憬。

刚刚踏出校门，崭新的时代便汹涌而来。仿佛没有多长的时间，太多现代化的东西就把收音机挤得没有了影踪。如今更是想看什么，想听什么，立刻可以实现，却没有了当初的那份期盼，那份喜悦，那份带着微笑的回味。

有一次同学聚会，在 KTV 唱歌，有个同学唱了那首很老很老的歌，《明天你是否依然爱我》，第一句一出来：“午夜的收音机……”便一下子把我们的心，带回到曾经的日子里。

Will you still love me tomorrow？是的，那小小的收音机，曾经的温暖的声音，曾经清澈的岁月，我们一直爱，一直爱。

陪我一起心疼这个人间

门前矮矮的土墙上爬满了阳光，细细的风轻抚着墙头上那些碎碎的花朵。一群蹒跚的鸭子正快乐着经过，鸭群后面跟着一个小小的女孩。她停下来，坐在墙上，身畔簇拥着花儿，鸭子们也停下来，在墙角下三三两两地低语。夏天扑落下来，拥抱着这个宁静的村落。

这是我在看一个大学生发来的文章时，心里勾勒出来的一幅画面。遥远而亲切的场景，一个赶着鸭群的小女孩在时光深处走来，带着她身边那些盛开的花儿。仿佛只是刹那间，她便走过了那么长的岁月，走进了大学的校园。可是在她的心里，那堵开满阳光的土墙，一直温暖地站在那儿，站成永不褪色的回忆。

那个时候的她，其实是孤单的。父母都去外地打工，她和爷爷奶奶一起，守着成长的光阴。每天除了上学，她都会坐在门前的矮墙上，并没有一遍遍地幻想，而是真实地想念着爸爸妈妈。闲暇的时候，她都会赶着院里的那群鸭，去村外的河边，她带着一个厚厚的本子，坐在草地上看。回来的时候，鸭子们在墙下聊天，她坐在墙头上，笔尖蘸着阳光，在本子上一笔一画地写字。

我问她："你那时都写的什么呢？日记吗？"

她说："写信。写给爸爸妈妈的，却从没寄出过的信。"

她每天都要在本子上，和爸爸妈妈说上几句话。有一次，一只鸭子第一次生蛋，她很高兴，便在信里说，她把那个蛋画上了记号，以后腌了，等爸爸妈妈回来吃。后来，鸭子下蛋的越来越多，她便把所有的第一只蛋都留了起来，然后和奶奶学着腌在坛子里。她说很心疼父母在外干活，那种心疼是一种真实的疼痛，所以她把最好的鸭蛋留了下来。可是时间久了，看着那些鸭子生蛋生得勤，她竟又开始心疼起鸭子来了。

她告诉我："那时候真是很矛盾的心疼呢！想着鸭子多下蛋就可以多卖钱，然后父母在外面就可以少干点活了。可是却又心疼那些鸭子，怕它们累到，想想那时，我心疼的事还真多！"

那该是怎样一颗柔软的心，能在心疼与心疼之间有了最初的迷茫。可能就是从那时开始，她看许多东西许多事物，总能找出可以心疼的地方。所以一直以来，她的心都带着悲悯。在县里读高中时，她竟是觉得自己的心理不健康，因为一直为心疼的情绪侵扰着，她怕看不到人间的美好。后来，她向班上的语文老师倾诉，老师听完她的困惑，想了想，说："别怕看不到人间的美好，因为心疼本身就是一种美好！你可以去关心去改变你心疼的东西，想法加上行动，就不会觉得是困扰了！"

心疼本身就是一种美好，多美好的话！她开始行动，在一颗柔软的心的支撑下，心疼着，关心着，改变着。上了大学以后，她还因此闹出过尴尬的事。有个男生，似乎很不开心，眼中那抹淡淡的怅惘让她很是心疼。于是她便去改变，改变的结果，就是那个男生爱上了她。这是她始料未及的，而且开始时竟是没看出来，直到她觉得男生已经快乐了，在她想离开的时候，男生便表白了。她有些懵懂，怎么就会爱呢？她便说："我是因为心疼你，才和你一起，让你变得快乐。"男生问："你不爱我，怎么会心疼我呢？"她想了想，说："心疼就是一种爱啊，不过和你想的爱不一样！"

心疼就是一种爱。心疼这个世界，就是爱这个人间。她让我批改的文章就是《陪我一起心疼这个人间》，她多想让人陪她一起心疼这个人间啊！只有心还知道疼的时候，才会有着最美好的感受。当心上起了茧，不疼，便也不美好了。

她希望有人陪着一起心疼这个人间。

那么，我也是。

犹余青春一缕香

闲聊时，有人问起一个问题，你最近什么时候哭过？注意，这里的哭，并不是那种生离死别、悲深喜极的哭，不是因伤因痛而哭，不是因感动而哭，而是在某个时候，或者某个瞬间，偶有触动，自然而然地落泪。

有吗？肯定有。我一下子就想起了2010年的除夕之夜，当时我正在看书，家里人正在电视前看春晚，忽然，耳畔就响起了熟悉的旋律。我抛了书，跑进大厅，屏幕上，三个熟悉却青春不再的身影，正在载歌载舞。我的目光立刻被牵引住，再也无法移动。小虎队！记忆里的歌声重叠着此刻的沧桑变迁，许多久远的尘封的情节，在这一刻都纷纷破土而出，生长成一片郁郁葱葱的眷恋。

多简单的年代，多美好的青春，小小的县城里还没有高楼大厦，街上飞驰得更多的，是自行车。手机还是很遥远的事，电脑和网络更是还在传说之中，路上的人们，脸上还没有欲望和嚣张的神情，有的只是很真实的笑。那时正读初中，每天上学放学，走过两面高墙夹着的胡同，走过人潮熙攘的街道，路旁的商店里，播放着很响亮的歌声。小虎队就是这样走进我的生活，融进我的生命，我轻声地跟着哼唱，《蝴蝶飞呀》《星星的约会》《青苹果乐园》《叫你一声 My Love》，只觉得世间怎么会有如此清澈而动听的声音，怎么会有如此入心而美好的歌词？也只有这样的歌声，才配得上洁白的青春。

班上开新年联欢会，总会有几组三人一伙的，唱小虎队。甚至没有伴奏，只是清唱，却是越发纯净，即使走了音跑了调，也是青春的本色。当我们开始唱《爱》并痴迷于那些手语的时候，已然步入了高中的校园。奔跑的年龄追逐着飞逝的时光，在青春越来越远之后，每一次听见小虎队，都会有一种回望的感慨。

那份触动，却都没有这个虎年即将来临的夜这般强烈。当我回过神来，已是泪流满面。我不知道，在那一刻，有多少人到中年的曾经的少年，在电视机前，在音乐的轻抚中，湿了眼睛。就像眷恋于一朵洁白芬芳的花儿，虽然每年都有花儿绽放，我们想念的，却永远是曾经的那一朵。

在虎年春晚一年之后，还有一次。

当时一个 QQ 群里，很多人每天都反复推荐着一个很短的电影，叫《老男孩》，说是什么 11 度青春系列里的一部。起初我并不在意，甚至有几分反感。三十开头的年龄，已经过去了大半，却依然平凡着，甚至麻木着。虽然每天都在奔波着工作，每夜都在埋头苦写，却是觉得前方的路越来越渺茫，像远去的歌声般不可撷取。

那个很冷的冬夜，零点下班，回来后全无睡意，想写些什么，却心绪纷乱。忽然想起他们说的《老男孩》，便在网上找来，一个人静静地看。起初是很亲切的场景，破旧的校园，阴暗的教学楼，大喇叭里失真的声音，不合身的校服，吵吵闹闹的学生。开始的情节，很有喜剧的色彩，让人在旧日熟悉的情境和情节里，会心地笑。然后便是和现实的切换，当年的那些学生都已长大，在各自的位置上，沉默，或无奈。然后是一种挣扎，想要重燃青春时的那梦想之火，却点燃了很多人的回忆。

我几度流泪到不能自已。

在那样的清白之年里，我们都曾有着很朴素的理想，或者梦想，都与名利无关。可是，在岁月的浪潮里，在社会的变迁里，当我们心头的热血渐渐冷却，当所有的激情豪情都在阴暗的角落里沉眠，那些梦，那些梦，就醒了散了，或埋葬了遗忘了。

我不知道，《老男孩》是不是对渐行渐远的青春的一种祭奠，却明白，那些逝去的，不再回来的，不只是青春，还有许多在我们心底最深最深的地方，留存着的梦。

三十三岁的那年，我回故乡县城办事。一个很阴暗的黄昏，我在街上闲散地走，物是人非，曾经的歌声早已消失。然后，在一个街口，看到一个男人骑着三轮车，停下，把那些卫生纸搬下来，摆放在路边，偶尔吆喝。第二眼的时候，我就认出来了，他是我的初中同学。当年意气风发，指点江山，我知道他的理想，也从没怀疑过他的理想。我隔着一条街看着他，心里沉重得犹如即将到来的夜。

我没有走过去，因为，我也和他差不多。我们曾经的青春同伴，有多少人如今在人间的某个角落里，平凡着，挣扎着，麻木着。甚至不敢回首，更不敢前望，只是一步步地走着，走着，这辈子就走过去了。

只是，也许那句话说得很对，生命本就是平凡的叠影。青春梦想的实现，只是极少数人的特例，梦想的破灭，才是生活的常态。只要，只要我们在有所触动的时刻，眼中还有泪，那么，曾经那朵洁白的花儿，就会在心底复活，穿过沉沉的时光，我们，依然会嗅到那一缕无悔的芬芳。

露珠里的云朵

当天空透过明净的玻璃在眼中写下无边无际的蔚蓝，心儿早已飞出桎梏，脚步也充满了与大地亲近的渴望。于是走出房门，迎向长长的风，去追寻那些等待着我的种种。

我看见一个跑步的少年，在清晨的河畔，脚下生尘生风，霞光跳跃在每一朵浪花上，他脸上淌着汗，目光却很遥远。

那是邻家的高中生，一直成绩不好，不是他不努力，而是付出了比别人更多之后，却依然不能达到理想中的目标。可是他并没有放弃，他每一天都这样锻炼着身体，他想当体育考生，梦想着有一天能超越自己超越别人，抵达人生的高度。他和我说过，说心中的那些梦想其实很不真实，也似乎永远实现不了，可是他觉得还是要去试一下。不管怎样虚幻，只要自己的努力是真实的，就值得。

他从我身边跑过去，挟着的风吹落了路边草叶上的露珠。这一刻心儿极为柔软，仿佛听到了露珠亲吻大地的声音。

想起多年以前很清澈的往事。那时我在一个小小的镇里做客，镇外也是一条细细的河，清清亮亮地流淌。岸边都是初开的野花，摇着长风和阳光。每天早晨我都去那里沿着河边走上一会儿，让烦恼随长风，让心事随流水。总能看到那个女孩，在河边静静地看书，穿着中学的校服，朝霞下像一幅剪影。有时她会轻声背诵文言文，有时是英语单词，或者拿着树枝在地上一笔一画写着生字，偶尔也捧着一本宋词入神地看。

总是这样的相遇，从没说过话，常常是微笑交换着微笑。有一天，发现她正俯身在花丛边，一本书放在身旁的地上，她好像在仔细地观察着什么。我觉得她在看花瓣，或者上面栖着的蝶或蜂。于是走上前，她冲我招手，向花瓣上看去，一颗大大的露珠停留在那里，圆融通透，有着花色的背景，的确是很动人心怀。

她让开了位置，轻声说："你站在这边看，里面有一朵很好看很好看的云！"我站到她原来的位置上，俯身细看，立刻，便有美好入目入心。在这个小小的水球表面，天空的蓝和花瓣的黄相融，果然有一朵小小的白云点缀其间，极清晰，仿佛散发着微芒。

我问："这么好，你怎么发现的？"她依然笑："正看书，一回头就看到了，觉得这颗露珠好大，就到跟前细看，就发现那朵云了！"

我们说话都轻声轻气，怕惊落这颗美好的星球。可是，也许我们的心跳太重，它轻轻抖动了一下，倏然滑落，渗进了泥土里，带着它所有的美好。我们似乎都有些失落，女孩捡起了书，准备继续晨读，我也要继续我的散步。

她忽然低低叫了一声，说："快看天上，是不是刚才露珠里的那朵？"

抬头看，一朵云正在柔软地舒展，极轻极缓地走着。正是露珠里的那一朵，不知它在人间留下了多少美丽的倒影，感动了多少柔软的心灵。女孩开心地笑，拍着手，就像重逢了逝去的美好。她说："它还在呢！这下好了，可以安心地看书了！"

就是这样很简单的一幕，却长久地记在心里。我的目光拂过那些花草，却再看不到那么大颗的露珠，也再看不到那么洁净的云在露珠表面变幻。就像当年匆匆一别，再也无缘相遇。

其实，有露珠有白云就是好的吧，露在花上，云在天边，不管它们能不能重逢，都是人间的大美。

回到门前，邻家男孩正背着书包，踩着一地的阳光去上学。他的脚步轻快而有力，向着并不虚幻的梦想大步前行。更多的时候，在我们眼中飘散消逝的，并不是真正的憧憬，那些脚步通向的归宿，一直在那里。一直在那里，等着我们用一颗火热的心去靠近。

是的，每一种虚幻的向往，都反映着真实的美好。

我看见春天了

刚从过年的氛围中走出来，这个小城依然冰封雪盖，东风遥远。匆匆走在落雪的街上，前面走着一对母女，我从她们身边经过时，恰好听见小女孩兴奋地说：“妈，妈，我看见春天了！”

刹那间，心里涌起一种温暖的感受，就像是忽然花开，感动着周围的寒冷。想起了古老的儿歌，春天在哪里呀，春天在哪里。春天，果然是在小朋友纯净的眼睛里，而不在我们经历了世事沧桑后起茧的心里。得要多么柔暖的心，才能在这漫天冰雪里，与春天的气息相遇。就像此刻，我相遇了小女孩的这句话，小女孩清澈的话语，就是我遇到的春天。

很久远的从前，我的心也是那样柔软，能接收到极细微的温暖和感动。有一年过年特别冷，看着对联上写的各种迎春什么的，没有一点感觉。那时老宅的南园里有一棵杏树，枝上也积着雪。当邻家的小妹妹脸蛋儿冻得通红，往树枝上拴红绫子时，我的眼睛里霎时就有了亮色。那是我少年的眼里第一次在寒冷中早早地看到了春天。春天不在杏树上那些飘摇的红绫上，而在邻家小妹妹红红的脸上，纯净的眼里，暖暖的心中。

可是后来，慢慢地，心上就蒙了尘。冰消雪化，看桃、丁香、杜鹃，那些花儿次第开放，草木开始葱茏，却似视而不见，或熟视无睹。总是在花落无痕之后，才会蓦然惊觉，春天什么时候就走了呢？我竟是一直没有看到它，没有好好地珍惜它。

依然是寒冷的街上，我放慢了脚步，似乎感觉到了脚下雪正在慢慢地燃烧。小女孩的妈妈问："你在哪里看见春天的？"

我也凝神静听，想知道小女孩给出怎样简单而又诗意的回答。

小女孩一指路旁的大门，说："你看，那最下面两个字，就是春天！"

我一看，门两侧贴着一副过年时的对联，"满庭风行溢秋囤，一树雪融待春天"。原来，小女孩眼睛里的，是这个春天。

其实，听到这个回答，我并没有失望。虽然小女孩眼睛里的春天，不是我想象的春天，可是，她却已经给了我想要的那个春天。春天，或许就是一个美丽的误会。

我想起一个老兵给我讲的一件事。

当初他在黑龙江最北端的一个边防哨所服役，那里几乎长年寒冷，且荒无人烟，连绿色都少见。哨所里只有三个人，他们每天就是巡逻、瞭望、训练、做各种记录。那时通信还不发达，一封家书能让他们看上半年而不厌倦。这样日复一日，四季在他们眼中心里没有太大的变化，春天，更只是冬天的延续。

有一次他出去巡逻时，看见有个地方的土比别的地方都要软些，就像有什么东西要从中生长出来，毕竟，按时令算，此时已经是春天了。他便把那坨土带了回来，装在一个很大的敞口玻璃瓶里，三个战士都很兴奋，每天浇水，因为室内温暖，他们等待着土里长出惊喜来。可是，许多时日过去，依然一点动静也没有，他们由希望到失望，最后便没人关注那个玻璃瓶子了。

很久之后的一天，他无意间向角落里的玻璃瓶子看了一眼，竟震惊地发现，瓶子里有一株草，正在静静地绿着。很难想象，在那么久不浇水的情况下，它竟然破土而出。那一整天，他们都围着瓶子里的那株草，虽然是家乡漫山遍野的平凡，可是在他们眼里，那便是整个春天的色彩。

那一天，他在值班日志上只写了一句话：我看见春天了。

是的，那就是他们眼睛里的春天，虽然，时间已经是夏末。原来，只要心里有绿色，什么时候都可以看见春天。春天，不仅是一个美丽的误会，更是我们的心与美好的距离。

我走在落雪的街上，脚步轻快无比。因为，我看见春天了，而且，再也不会错过。

心中柔软之处，住着温暖之人

去一个镇上的小学拜访朋友，她是五年级的班主任，中午的时候，我们在她办公室里聊天。初夏的阳光透窗而入，暖暖地带着远处的草气花香扑落在脸上。这个时候，敲门声响起，然后一个男生走了进来，说：“老师，让我在这儿看会儿书吧！”

朋友拿起桌上的一本《秘密花园》递给他，他翻到中间某页，坐在那儿安静地看。我和朋友继续说着话，不时地看一眼男生，他的神情极为专注，心已经进入情节中了。约有二十分钟后，他放下书，道了谢，回教室去了。

我问：“这个男生每天中午都来看会儿书？”

朋友摇头：“不全是，开始时是有人要欺负他时，他才跑来这儿看会儿书。”

这个男生性格温和，可是即使这样，也总是被一些淘气顽皮的孩子欺负。有一次他被打，跑回家去向父亲哭诉，结果被父亲打了一顿。父亲说：“以后挨打回来，我还打你，你打了别人，我还会奖励你！”

结果他跑回学校，把打他的那个孩子打得鼻子出了血。于是他被老师带到办公室，他很害怕，不知老师会怎样处置他。

朋友说，他是个很善良温和的孩子，平时不会这么打人的。结果一问，竟是他父亲教的。她就想出了个办法，拿出本书给他看，他很快看进去了。临走时，朋友告诉他，以后有人要欺负他时，就来这儿看会儿书，看完了回去给他们讲书里的故事。后来，他就总来看书，有几次他和老师说，自从一讲故事，他们已经不经常欺负他了。

我笑着说："你这个方法真好，既避免他和别人打架，又让他知道了看书的好处，还能和同学搞好关系。"

其实，我小的时候，也是一个经常受人欺负的孩子。有时候，明明能打得过别人，却怎么也下不去手。为此，母亲给我做了一把小锥子，让我每天带着，说不敢扎人也可以拿出来吓唬人。那把小锥子一次也没用上，我依然受着欺负。而且，我也没有遇到像朋友那般聪明的老师，所以也就习惯了那样的生活。现在想来，那也算不上什么，都是少年时的恶作剧，回忆起来还很有趣。

几年前，在外地参加了一次小学同学聚会，二十多年不见，每一张脸仍依稀可辨。说起从前的种种，那些清澈的时光，回忆如水般濯洗心上的尘埃。之前做了一个小小的游戏，每人发了一个纸条，把自己最想念的人的名字写上去。然后才是畅谈，最后快结束时，把那些收上去的纸条整理，写的最多的竟然是我的名字！

很是感动，当年那个在他们眼中很弱小总受欺负的男生，他们竟然一直记得。那次聚会有一个男生因故没能参加，他很是遗憾。给我打电话说："所有的人中，我最想的就是你！"我大笑："是不是当初你欺负我的时候最多，才最想我的？"

的确，当年就是他总在上学放学的路上拦住我，百般嘲笑，我要是还嘴就动手。他没有笑，沉默了一下，说："可能也不是因为那个，想起来的，都是你当年的安静，那时你笑得也很温暖，让人忘不了！"

和朋友说起我的这些过往，她也笑，说："我早知道会这样呢，所以我常对班上那些顽皮的男生说，等长大以后你们不在一起了，肯定最想念那些你们总欺负的人。”

我感到奇怪：“为什么呢？难道真的是因为那种安静那种笑容能让人深深地记住？”

她给出了很文艺的回答：“因为每个人长大后，在社会上拼搏奋斗，都会慢慢地改变，变得坚强，也变得冷漠，就像书上说的，心上会起了厚厚的茧。可是尽管这样，每个人的心底，都会有一个柔软的地方，不会改变，那个地方，只装着记忆里最温暖的人。这和软弱受欺负没有关系，比如刚才的男生，比如小时候的你。”

心里忽然很感动，并不是因为有人记住我想念我，而是我也重新在自己心底最柔软的地方，寻找那些住着的人。一一想来，真的，都是最温暖的人，他们在我的生命深处生动着，给我感动的来源，也让我保留着最初的美好和最后的执着。

从小和你一起打架打得翻天覆地的人，或许以后会成为哥们儿兄弟，而那些你曾不在意的，欺负过的，忽视过的，原以为是很平静很软弱的人，却会成为心底最柔软的温暖，成为长久的想念。

有一年的花儿开好了

我不知在我的生命里曾忽略了多少春天，就像在这人间的奔走中，曾遗忘了多少美丽的人和事。可是那些温暖重逢我的眼睛时，所有尘封的，都会破土而出，如正在微笑的花朵，瞬间便芬芳了回忆。

那时候，还住在一个破旧的小二楼里，用最美的年华枯守着城市边缘的一抹荒凉。似乎每一天都是在抄袭前一天，不变的内容就像不变的日夜轮回。除了上班下班，便坐在北窗前，面对稿纸，用寂寞的文字构建心里灿烂的世界。难得的灵动，就是风吹过窗外树上的枝丫，是那两只偶尔路过的鸟儿，是夕阳投射进来的光影，是心底瞬间泛起的感动。

每隔上几天，我就会去附近的一个小文化用品店里买稿纸，看店的是一个不大的女孩子，经常坐在那儿在纸上用铅笔画画。那时正是晚春，在我们这极北之地，还略有着寒冷。而在她的纸上，却已经是花开千朵万朵。她总是画花儿，各种花，树上的，大地上的，还有她心里的。有一次她问我 ：“你怎么总是买稿纸呢？”我反问 ：“你又怎么总是画花儿呢？”然后都笑，各自想着心底深藏的梦想。

有一次去，她忽然对我说 ：“河那边的丁香再过两三天就能开了，你要不要去看看？”那一瞬间竟是有些心动，却依然犹豫，就是觉得那些花儿离自己很远。她见我如此，便说：“算了，等我回来画出来，你看看也是一样的，就是没有香味！”

果然，再次去时，她拿出画簿给我看。虽然那些花儿没有上色，却已在我心底斑斓；虽没有花香，却已芬芳了我的心境。她又说：“河那边的看桃再过几天也会开了，你去不去？”这次我直接摇头，既已错过一次开花，再错过一次也没有什么。她略有些失望：“还是回来我画给你吧！这几张画你拿回去吧，放在窗前，就当有花开了！”

可是竟是没能等到她再次画花给我，我便匆匆离开那个城市，连一个告别都没有。她画下的那些看桃，注定等不到一双欣赏的眼睛了。

有一年的花儿开好了，我却失约，就像一个过客，马不停蹄地错过着所有的花期。

后来辗辗转转，都在陌生的地方短暂停留。后来宿命般地，又回到了曾经的那个小城。十年过去，想起往事，还曾去过城市的边缘，却已面目全非。住过两个季节的小二楼不见了，那个小小的文化用品店也没有了。只有不远处的河流还在清澈地流淌，想来对岸的那些花，依然在年年地绽放。

依然是忙碌的日子，花开的季节，竟是没想起来去河那岸看一看。有一年的花儿开好了，却再次错过，错过的不只是花期，还有当年那个相约看花的女孩。就像今年的蝴蝶寻不到去年的花，一次错过的，便再也寻不回。

有一个夜里，和一些朋友在网上聊天。一个朋友说：“再过几个月，油菜花就开了，你们来我这里看油菜花吧！”她说着的时候，我仿佛看到了一片从未看过的花海，在那一片大地上盛开。知道自己俗世缠身，明知那些花开好的时候依然会错过，所以，真是觉得自己辜负了那些遥远的花朵，也辜负了朋友如花的心情。

我对她说：“有一年的花儿开好了，我却错过了！”

她说：“每一年的花儿都会开好的！”

每一年的花儿都会开好的，我为什么会年年错过？前不久，我的邮箱里收到一封邮件，附件里是几张图片。打开，是在素描纸上画的几幅花儿，那些花在树上开得一片深情。依然没有色彩，依然没有花香，却一下子把我的心拉回到近二十年前的春天。邮件上说：“欠你的画，看桃的花儿，今天才给你。快二十年了我越走越远，你却回到了曾经的地方。再过些日子，河对岸的丁香就开好了，要不要去看看？”

忽然想起，果然是又要到了花开的时候，又一年的花儿快要开好了。

每一年的花儿都会开好的，你的心扉打开了吗？

光阴留不住花影

那个寂长的夏日午后，家里人午睡之后，都去农田里干活了，我们几个小孩子凑在一起，看着外面阳光漫流的海，很是不敢冲出去。闲看了一会儿小人书，下了几盘象棋，又打闹了一番，便渐渐地觉得无趣。

在我们玩儿的过程中，小表姐却一直安静地坐在那儿，拿个本子专心地画着。她很喜欢画画，无师自通，见什么画什么，倒也有模有样。有时候我们会抢过她的本子，在上面胡乱地画，她也不生气，只是不停地笑。太阳已渐渐偏西，小表姐忽然惊讶地站起来，指着东边的墙上。我们全看过去，阳光把南园墙头上一朵花的影子通过窗子投到墙上，在一个变了形的框内，像极了一幅画，或者剪影。

小表姐想照着画下来，表弟却出了个主意，让她直接在墙上描着影子画，我们一致同意。于是，小表姐便拿着铅笔在墙上描起来。那是一棵扫帚梅枝繁叶茂，开了许多各种颜色的花朵。当时我们谁也不知道，在东北大平原上随处可见的扫帚梅，如果开在雪域高原，就变成了格桑花。而我们眼中平时最寻常的花儿，此刻在东墙上的影子，却美得可爱。

一边驱赶着挡住光影的人，小表姐一边飞快地描着轮廓。她不停地忙乎着，有时一阵风来，花影乱颤，她还吩咐我们去外边把花扶住，不让它乱动。我们说，扶花的时候，我们的影子就把花影挡住了，让她等风停了再接着描。还没等画多少，小表姐就有些生气地说："影子往旁边走了，你们去把花拴住，别让它走！"都笑，说她傻，花怎么会自己走？那是太阳在走！她说："那你们去把太阳拴住，别让它走！"立刻，笑声更是填满了屋子。

看着墙上的花影已经偏离了原来的位置，我们都有些失望，小表姐把铅笔一扔："没法画了！"我说："明天下午，等花的影子还在这个地方的时候，再接着画不就行了？"小表姐眼睛一亮，大家都很高兴，于是吵嚷着冲进阳光的海。

第二天下午，我们一边玩儿，一边静静地等待。终于，花的影子和墙上的画重合了。小表姐便抓紧画，我们在一旁围观。表弟忽然说他看见一只蝴蝶的影子，在某一朵花上。我们仔细看，并没有看到，就都说他乱讲，蝴蝶那么小，怎么能看到影子？于是争论了半天，都跑出门去，花上根本没有蝴蝶停留，表弟却说刚才肯定有，现在飞走了。正辨得不可开交，小表姐在屋里大声喊："你们离远点儿，挡住花了！"

历时三天，幸好都是晴天，小表姐终于把这幅画完成了，并用铅笑把花叶枝丫浓浓淡淡地填充满了，于是墙上就有了一株扫帚梅，很好看。

那以后，每天的下午，到了那个时间，我都会看看东墙上的画，看花的影子与画重叠起来。日复一日，渐渐地，我发现，花的影子悄悄地瘦下来，已经覆盖不住原来的画。再过更长的时间，影子里的花朵也渐少，叶片也渐稀。最后，只剩下几根稀疏的枝，而墙上的画，却把花影的缺失依然补足。冬天阳光照不进来，不过那株枯萎的花还在墙头上，缠满了风雪。第二年的时候，墙头上的那株扫帚梅就没有了。而东墙上的画，也渐渐被尘埃遮住，我们也慢慢地把它们淡忘。

几年以后，我家，和那些亲戚家，都陆续地搬离了那个村庄，从此另一番际遇，世事茫茫，童年的花影已飘摇成遥远而浅淡的梦。三十年，一次重聚，当年的兄弟姐妹们，都已历尽沧桑。大家回忆往事，说起小表姐在墙上描花影的事，都幸福地笑，仿佛依然是童年。然后，便有了唏嘘感慨，叹光阴留不住一墙花影，也留不住最无忧的年华。

小表姐却笑着说："那棵扫帚梅虽然没有了，墙上的画也没有了，可是我们几个都记得那三天啊！这就是留住了，多好！"

是啊，多好。虽然光阴留不住许多美好的事物，可我们的心可以。那些过往，隔着岁月的河，看似未曾得到，却也从没失去。不管世事怎样变迁，生活几多波折，不管豪情消减还是年华向晚，只要心中有着那一墙花影，我们就会感受到阳光，芬芳，还有，生活中许多幸福的眷恋。

记得一朵花的微笑

走出门，盛夏的阳光漫天扑落，在地上盈积了厚厚的一层，南园的果蔬都淹没其中，而院子里的禽畜们，却躲进墙根的阴影里，酣然而睡。只有花狗很警醒，它从门后跑向我，尾巴扑打着阳光。

忽听邻家传出一阵喊叫声，便知道，他家那个女孩又挨骂了。而且，我还知道，一会儿，那小女孩肯定出来，在房后那片盛开着的扫帚梅里站一会儿。于是我装作漫不经意地走到房后的土路上，路上看不见一个人影，只有热气升腾，村庄被热气凝固了。过了片刻，邻家女孩果然走出来，她并没有看见我，她站在花丛中，微微低头，像是很专注地看着一朵花。我回去的时候，向她飞快地瞟了一眼，却见她正在微微地笑，对着眼前的那朵扫帚梅。那笑容极浅极淡，就像印在花瓣上的阳光。

邻家的事，就像耳熟能详的故事的翻版，本来以为故事中的事都是假的，可是却在这一家得到了验证。邻家夫妇婚后一直不能生育，去检查也没查出什么毛病，五六年后，便抱养了一个三岁的女孩。他们对这个女孩非常好，待如己出，女孩也很懂事，招人喜爱。可是就像故事中的情节一样，又三年之后，邻家女人忽然就怀孕了。于是乡亲们就都和这对夫妇说，这个孩子是那女孩带来的，你们要对女孩更好才行。

邻家果然生了个男孩，之后，就和故事更像了，他们开始对女孩不好。女孩本来是很活泼开朗的，便渐渐地变得沉默了，沉默得不像一个孩子。我倒是没听到他们打女孩，却几乎每天都能听到骂，在那个年代乡下所有骂人的言语，日复一日地灌进女孩的耳朵，也灌进我的耳朵。女孩依然很懂事，挨了骂也不吱声，每天都干许多活，有时还抱着很小的弟弟。她上小学后，妈妈对她的骂又升级了，村人们冷眼旁观，之前还有劝解的，劝解无效，便也就习以为常。

三十多年后的这个寒冷的冬天，我忽然就想起了那个遥远的夏日，想起那个女孩在花丛中微微笑着的样子。其实，早在一开始的骂声中，女孩就知道了自己的身世。她很少和伙伴一起玩儿，几乎每天放学后都在家里，帮着妈妈做一些事。有时候村里人和她说话，她也是淡淡的，不笑亦不恼。于是大家都在背后感叹，这个孩子的可怜。

而我却知道，她每天都会有微笑的时候，虽然很短暂，短暂得像水上转瞬即逝的涟漪，却毕竟是一抹笑容。她会笑，而且笑得美。她喜欢被骂后对着一朵花，凝神，沉默，微笑，或者不是喜欢，而是一种习惯。春天，夏天，秋天，她总能找到一朵可以相对的花，我也总能捕捉到她的微笑。而外面没有花开的冬天，我也曾留意过，她总是对着飞雪，或者晴朗的时候，对着墙头上那一层积雪，依然是默默。只是冬天的时候，我没有看到她笑没笑，想来也是有着笑的吧，只是我被寒冷驱赶着，没有长时间地看她。

后来，我家搬进了县城。再后来，我去外地上学，然后工作，辗辗转转，离故土越来越远。起初还零星地有着故乡的消息，听说那个女孩后来学习极好，家里对她后来也好了许多，只是由于条件不是特别好，她就没有参加高考。听说她进城打工，也自学了很多东西。总之，就是不特别美好，也不特别平凡。再然后，就没有了她的消息。

前年的时候，有人在我微博上留消息，看了一行，我就知道是曾经的那个邻家女孩。她说，早就知道我当时总注意她，她说，在漫长的童年里，除了你，没人知道我每天都会笑的。

心里柔软地充满了感动，就像曾经沉重的光阴忽然生出了翅膀，飞舞在阳光下。那么，不管她当初为什么会对着一朵花微笑，今天想起来却满是感慨。于是我就更深地想，如果，我们也能那样，是不是就会少了许多遗憾，多了许多热爱？把所有的失落失望委屈和不如意，用沉默堆积成心底的土壤，静静地开出花来，然后，微笑。

人间别久不成悲

第一次真正意义上的离别，是家从农村搬到县城的时候。当时我坐在卡车后面的杂物上，看着故园越来越远，看着故乡越来越远，浩荡的春风吹出我满眼的泪。飘摇中消逝的村庄，奔跑了十五年的土地，已在心底沉重成不可重来的眷恋。那时满心悲伤，却不曾想过，在以后三十年的岁月里，我坐在时光的车上，辗辗转转，身不由己，一场场告别，一程程思念。

人间别久不成悲。

初读到这句宋词，依然是在春天的深处，一个东风猛烈的上午。我的心似乎被什么狠狠地撞了一下，尘埃飞散，茧壳碎裂，想起三十年前那个离别的春天，依然有着新鲜的疼痛。那么多的光阴阻隔，那么多的世事风尘覆盖，把多少离别的悲伤化作沉重的麻木与深深的无奈。

就像这一生之中，不断地与人离别，离散，每一个分手的路口，都飘着凄凉的雨，每一个离别的站台，都扯断着忧伤的目光。然后，在人群熙攘中，在尘世劳劳里，刻骨的思念与蚀心的疼痛与日俱远，偶然的回首或者偶尔的旧梦，有时会唤起刹那的感慨，然后便又被时光的洪流淹没。甚至在超越了离别的痛苦以后，再回过头来看断肠的时刻，会有着一种远远欣赏的感觉，会有着一种淡淡的幸福。

空间隔断隔绝了相聚的梦，时间拉长拉细了思念的弦，于是曾经的情绪便渐远渐淡，化作流风流云。不成悲，悲伤的泪悄悄地风干于忙碌之中，虽然想起时还会动容，可想起的时候却越来越少。都说爱的反面不是恨，而是遗忘，那么悲伤的反面也未必是欢欣，更可能是麻木。告别一个人，当牵肠挂肚的日子过去后，偶尔的思念也都是当初一起时的种种，然后会发现，曾经离别时痛苦得死去活来、自以为会是一生暗无天日的生活，并没有持续多久。告别一个地方，以为会再也遇不到那样可以倾心的去处，却在熟悉并融入了身畔的生活之后，发觉来处已远成梦境。

人间别久，其实别时的悲伤并没有消散，而是被时光凝敛于心底很深很深的某处，就像一粒种子。种子什么时候破土而出？那必是重逢之时。暌违多年，再度相遇，无论“乍见翻疑梦，相悲各问年”，或是“问姓惊初见，称名忆旧容”，那份悲辛，比之当年分别的时刻来得更复杂，更猛烈。

那一年回到阔别多年的故乡，虽然眼前的一切，大多无法与记忆中的一一重合，可是熟悉的大地，还是让我的泪再度流淌。别久不成悲，别久已成客，或者物是人非，或者人物皆非，可以回到空间的旧处，却无法回归时光的彼岸，所以每个人心底的故乡，都是永远回不去的。那份悲凉，那份悲慨，原来在离别的许多日月流年里，早已不知不觉地山高水深。

重逢的时刻，曾经那粒悲伤的种子便疯长成林，再次的别离之后，还需要漫长的时间去枯萎凋零。生离已是如此，死别更是难挨。当亲人故去，阴阳永隔，那份悲伤痛苦侵心蚀怀。只是，再深浓的痛苦也终会过去，渐渐地，故去的亲人成为一年中几次祭祀时的先人，悲伤变成怀念。而那份悲伤也并没有绝灭，它总是在某个夜里，或者某个酷似从前的时刻，便忽然汹涌而来。

或许，那些真正参透了聚散的人，才不会有悲伤的情绪。他们本在离别的时刻，就已经释怀，与离别多久没有关系。只是，这个世间能做到如此的，又有几人？

人间别久不成悲。我更愿意这样认为，之所以不成悲，是因为人间的离别与相遇同样多，相遇总是跟在离别之后。于是，相遇的欣喜便冲淡了离别的愁绪。我们固然在不停地失去，却也在不停地得到。我们痴迷留恋这个人间，正是因为有了这些起伏的心绪。

如此，聚也罢，散也罢，悲也好，喜也好，都是真情流淌，且让我们用心去热爱。

一溪云

一个遥远的春天里，他来到我家，问："你知道比天更高的地方在哪儿吗？"

我想了想："星星和月亮上面！"

"不对！"他连连摇头，我琢磨了半天也想不到，问他，他只神秘地笑。然后，拉着我的手出了门，向村外飞跑。

广阔的大地上遍布着初生的青草，而新翻的农田，在阳光的照耀下，升腾着若有若无的雾气。两个孩子奔跑的身影在大地上灵动着，偶尔有候鸟在天上划过，垂落下来几串啼鸣。

我们跑到村西很远处，那里有一条唱着歌的小溪，从那边的高冈处流淌过来。小溪其实并不小，只是比小河略细些。沿着流水向下走，有一处极为平缓，不细看不知水流，而且比较阔大，小溪仿佛跑累了慢走一会儿，在此处形成了一个不大不小的池塘。站在岸上，盎然的溪水便把眼睛洗得清澈无比。

他一指水面："看！"

水里的天有着生动的蓝，几大朵白云簇拥着慢慢地走。我一时抬头看天，一时低头看天光云影，似是站在半空中，竟有些呆了。

他很得意地笑：“怎么样？这儿就是比天更高的地方！天在我们脚底下！”

再仔细地低头看，果然，天在很低很低处。特别是有那几朵云的相衬，更显得天的深远。许多年以后，我在山上偶遇一条小溪，它融着一路花形树影，挟着不绝的山云，曲折蜿蜒而下。相比于童年的那条溪，它没有静静的水中天，却似乎容纳了更多的美好意象。山溪与山云都是自由的，山溪的自由来自执着，不管千拦万阻依然奔淌，山云的自由来自无拘无碍任意西东。我知道自己无法将执着与无拘无碍相融汇，可是只要心有一种，生命就会有着难得的自由吧！

那个春天的午后，我们站在比天更高的地方，俯瞰很久。回去的路上，觉得身轻欲飞，我们约好，谁也不把这个秘密透露出去。我也经常问村里的小伙伴：比天更高的地方在哪儿？听着他们漫无边际地乱猜，我的脸上带着神秘的笑，便有了一种很自豪优越的感觉。

我和他经常去那里，体会只属于我们的快乐。有时会梦见那一溪变幻的云影，梦里的自己仿佛飞在很高很高的地方，比天还高。于是醒来后更有了眷恋，也为我们能有这样一个神奇的所在而庆幸。

夏天的时候，我俩有一次来到溪畔，水中的云朵更大更浓，而且离我们很近。阳光倾泻而下，他说：“我们跳到天里去？”

飞快地脱了衣服，却一时都有些踌躇，那么深的蓝天，会不会掉到天外边去？只片刻的想法之后，我们便相对而笑，谁也不说谁傻，跳进了水里。于是天光乱颤，云影破碎。我发现，离得近了，反而却远了，没有站在岸上看得清楚。他很聪明地解释说，下了水，我们就离开比天更高的地方，所以就没有那种感觉了。

有时候一朵云压得很低，我们仰躺在水面上，就像躺在云上，再看天上的云，便有很奇妙的感觉。他说他很喜欢那些云，很自在。说这些的时候，他很有些向往，也有些无奈。其实他能出来的时候很少，每天都要帮着家里干许多活，父亲两年前病故，他便早早地开始了劳动的生涯。

后来，我家搬离了那个村庄，离那条小溪越来越远，离那一溪云影也越来越远，离自由也越来越远。世事的风尘，湮没了许多纯真的向往，也湮没了儿时那些清澈的幻想。再后来，听说他死了，说是在那条小溪里淹死的。我总是很天真地想，他也许并没有死吧？他是投向了那片蓝天，去拥抱那些自由的云朵。

而依然在尘世中奔忙的我，又有多久没能亲近梦中的溪云了？我又该如何去追寻自己的自由？想来，我只能坚持走下去，像小溪一般执着着一往无前，那么，那些美丽的云影，带着自由的憧憬，就会一直伴随着我了。

遇见尘埃里的美好

离开电脑，站起身，才发现全身僵硬，而且觉得屋里很阴暗，而窗外，夏日的阳光正好。便决定出去走走，让身体和心情在阳光的河里畅游一番。

沿着那条被树荫轻笼的路，很慢很慢地走，细碎的阳光和斑驳的影子，也在我的身上慢慢地走。时而有鸟鸣坠落在我的脚前，溅起一朵朵清幽。就这样一直走到路的尽头，到了南山脚下，城市已在身后成为一个背景。仿佛从一个巨大的笼子里走出来，空气中流动着芬芳和自由。

山脚下是一个极小的村落，只有二三十户的样子，在这个上午，一片宁和，偶尔的鸡鸣犬吠，却越发地衬托出无边的幽静。西边，是一片田地，并不大，一男一女正在干活。我便站在那儿，凝神看着。山外的平原农田里，早没有了这样原始的耕作情景，机械化湮没了许多朴素的美好，只剩回忆。没想到在这里，会遇见一份久违的感动。

男人和女人拿着锄头在铲地，那些顽强的草纷纷倒地。虽然我离开农村已经近三十年，虽然早已近乎五谷不分，可是我还是认出了这一片黄豆的秧苗。想起了陶令的“种豆南山下，草盛豆苗稀”，想象着，在晚上，“带月荷锄归”的情景。多美好，虽然极累，可是回味起来，却是很悠长的眷恋。

真的是很累的！那个时候，我家里的田地也不少，而父亲长年在外地工作，所以，农活都是母亲在干。没有机械化，连拖拉机都极少，牛马还是主力，却也只是种收时节。其余时间，都是人在大地上劳作。母亲的身影，姐姐们的身影，经过多少汗水的濯洗，才会在我的记忆里那么动人。真的是那些美好的背后，都是许多艰辛的付出。

我喜欢大家休息的时候，在田边地头的树荫下，人们三三两两坐在一起，抽烟，唠嗑，扇风，大口喝水，或者望着土地出神。阳光在周围洒落，风儿在身畔游走，村庄在远处静立，一切，都那么让人感动。

眼前的男人女人也休息了，席地而坐，没有树荫，幸好阳光并不猛烈，还有阵阵风儿长长地拂过。他们亲切地说着什么，脸上的笑不停地流淌，周围的豆秧轻轻摇动着绿色的温暖。我也微笑，在风里，觉得心底的尘埃正在飞散，阳光正汹涌而入。

我绕了一条很细的土路往回走，正经过小小的村庄。在一个柴火垛底下，一群鸡正在觅食，不停地蹬、刨、啄，一只很健壮威武的大公鸡，似乎找到了什么好吃的，叫了一声，母鸡们全围过去。然后，两只鸡因拥挤而打架，扑腾几下之后，嘴尖相对，一动不动。我的脚步声把它们惊散，它们忽然就忘了打架的事，又悠悠然地四处闲走。

转过一角土墙，一阵狗叫声，然后一条半大的黑狗蹿出来，在离我不远处龇牙咧嘴，做势欲扑。墙后的院子里，一个正洗衣服的女人喊了一声“回来”，黑狗很听话地跑回院门前，却依然不甘心地冲我怒吼。房子后面的菜园里，一个小男孩正偷偷地摘刚长成的嫩黄瓜。狗叫声送我走出很远，直到我转上来时那条有着树荫的路，那一切才淡远成一个温暖的背景。

脚步比来时轻松了许多，踏着一地摇曳的光影，心情也随之斑斓起来。走进小区，一个修理通信线路的工人，正站在梯子上挥汗如雨；两个小孩在小小的草坪里追逐着，他们的妈妈坐在石凳上织毛衣；黝黑的男人慢悠悠地蹬着三轮车，车把上挂着的扩音器里循环着“收废铜废铁旧冰箱电视洗衣机……”这些平日里充斥着眼睛和耳朵的，此刻却有着入心的魅力。

走到我家所在那栋楼前，许多窗口里飘出饭菜的香味，旁边楼口的一楼里，男人和女人正因为鸡毛蒜皮的小事而争执，二楼的那个小女孩又开始练钢琴，那首经常弹奏的《童年的回忆》，比以往流畅动听了许多，而邻家的女人，又在唠唠叨叨地训着儿子……

我手里拿着钥匙，竟一时忘了开门，这尘世间的种种，忽然让我如此忘情。原来，我喜欢这烟火人间里平凡的生活，就像喜欢开在尘埃里的那些小小花儿，热爱着，平凡着，也无悔着。

云在天上，我在人间

似乎是在我低头看一朵初开的野花的刹那，一朵很小巧的云就出现了，空荡荡的蓝天一下子生动了许多。阳光的浪潮连绵不断，把晚春的大地山河冲洗得清新无比。

一条小狗在草地上疯跑，追逐着看不见的快乐。我看那朵小小的云，白得层次分明，初看不动不变，凝神一会儿，发现它一直在动，在变幻，每一缕纤细的云气都在缠绕翻卷。云飘得很快，那条小狗从我腿边跑过，我只分神了一瞬，再抬头，它便如小狗一般蹿出了很远。

身旁不远处，是一小片年轻的白桦林，清秀笔直，嫩叶初生，树干白得亮眼。我的目光在林中游荡了一下，惊落了一串清脆的鸟鸣，还未坠到地上，便被长风拾起，远远地送了出去。正在寻找那只鸟的时候，忽然周围暗了下来，抬头，那朵小云已走到了太阳的下面，把阳光拦截了一部分。

那么小的一朵云，投在地上的影子也并没有多大，像一只乌黑的野兽，跑得迅速，飞快地穿过白桦林，掠过草地，阳光亦步亦趋地跟在它后面。小狗撒了欢儿地撵它，从林中到草地，从草地到小路，一直追到河边，影子毫不停留地涉水而过，小狗颓然止步，鼻子抽动着，很茫然地抬头看了看，然后转身跑向那片阳光下的绿色，又恢复了先前的兴奋。

两个十来岁的孩子，刚才也在看着小狗追云影，小狗在河边发呆的时候，男孩说："我知道它在想什么！"

女孩不甘示弱："我也知道它在想什么！"

男孩很不屑："那你说它想什么？"

"它肯定在想，我要是会游泳，早撵上你了！"

男孩拍手："哈，你真傻，狗本来就是会游泳的！它是在想，我今天心情好，就放过你一次！"

女孩生气，转过身不理男孩。

我闻言而笑。我今天心情好。男孩简单的话，也许是最朴素的道理，心情好的时候，便没有什么能让人挂怀，也没有什么可以影响那份快乐。

太阳正在中天，云在水面上的影子，云在河里的倒影，真正的对影成三，正同步走向对岸。我向上游望过去，河流渐远渐细，隐入苍茫的山影中。徐徐收回的目光，忽然被河面上的几点黑影牵绊住。觉得那像是几只野鸭子，心中涌起愉悦，像初生的春水。那几个黑点乘春水而来，游进了我的心情，果然是野鸭子，一边顺流而下，一边嬉闹戏水，搅扰得我的心情也随之荡漾起来。真想大声地问它们："春水可暖？"

想起自己小小少年的时代，在这样的春天，如果遇见野鸭子，会真的问出许多奇妙的问题。而且我也会在大地上奔跑，后面跟着我家的花狗。我也曾用力撵过天上似缓实快的云，直跑到全身汗涌气喘如牛，才躺在柔软的草地上，继续用目光去追赶那一朵洁白。直到一只鸟影划过眼睛，才转头跌进另一份美好里。年龄比我的脚步更快，把许多时光，把许多无忧，都远远地丢在了身后。

此刻，我真想奔跑一下，像那条小狗，像童年的我，便抛下所有的顾虑，沿着河岸向前跑。那条小狗被吓了一跳，愣愣地看了我好一会儿，那两个孩子不知在争论什么，根本没有注意我。我向着天边那朵遥远的云奋力迈步，好像还不到半分钟，便觉得脚步沉重得如带着两座山。而心情却轻盈欲飞，很庆幸能把心里的负荷和羁绊抛下，不管暂时还是永久，哪怕有这半日的驰心骋怀，也能美丽一天的境遇。

往回走的时候，经过那两个孩子，他俩还在指点着远在天边的那朵云，它此刻已经变得更小了。

男孩问："你快看，那块云彩像什么？"

我也看过去，却一时觉得什么都像，又什么都不像。

女孩看了几眼，肯定地说："像那条小狗！"

男孩鼓掌："太对了，真像那条小狗！"

那条小狗就在不远处，似乎听到在说它，白了两个孩子一眼，又继续转过头，去发现只属于它自己的幸福。

忽然很感动。这朴素的感动，关于春天，关于季节，关于岁月，永远不会被世事湮没。就像此刻，云在天上，我在红尘，阳光下生长着无边无际的喜悦，多么奇妙的小小人间，所以，我的热爱，才会生生不息。

每个人心里都住着一个小孩

我能看见他的欢欣，能感受他的希望，在我不知不觉沿着最初的方向走下去的时候；我也能察觉他的忧伤，能体会他的悲戚，在我无奈而违心地做出决定的时候。

他是一个永远都长不大的孩子，住在我的心里。每一个无眠的夜里，当尘世的喧嚣隐没于寂静之中，当心上的茧壳片片剥落，我就能很清晰地看到他，如云如水，简单而美好。他就是曾经的自己，在遥远的岁月里无忧着，哭笑由心。

喜欢那样的自己，喜欢那样的时光。我依然是小小的儿童少年，就连生生灭灭的梦想，都朴素得让人眷恋，就像当年没有污染的夜空里，最温暖的那些星星。后来，我就慢慢和他分离，我在成长成熟，游走在尘世的岁月里，他也在奔跑，他想把我的心留在那片天空下，却追赶不上我的脚步。

当初的几番纠结，选择了一扇看似容易打开的门，明明知道，门里不是我想要的世界，却依然走了进去。那一刻，我看到他在我的心底跌倒了，就像童年的我跌倒在路上，我能感受到他的疼痛，和我心的疼痛。

每个人的心里，都住着一个小孩啊，他的眼睛永远纯净如初，一点的荫翳都会让他黯然神伤。有时候，我们的欲望层层叠叠地桎梏着他，我们的心上也覆盖着铠甲，我们便以为他不存在。可是，当我们把欲望披上梦想的外衣，当我们努力地欺骗自己的时候，总会有一些时刻，心里会忽然很难过。那是他在挣扎，在失望，他想唤醒我们，他不想离开我们。

我曾经也那样挣扎过。进入了那扇容易打开的门，才发现，想要走出来更艰难。我曾经在一个电厂里工作了十二年，其中有近十年的时间都是在倒班。周而复始的生活，循环往复的脚步，把自己困囿在一种死水般的境遇里。总是在落寞重重的时候，离那个孩子很近，他笑着，把许多失落于途中的梦想，一一地还原给我。记不清有多少个夜里，在上班的时候，在别人都昏昏然的时候，我在纸上写着，一直到霞光映满窗子。心里的孩子和我一起坚持着，所以，我才能在并不喜欢的生活里，做着自己热爱的事。

当我用了极大的勇气想要离开那种生活的时候，他在我心底欢欣鼓舞。所以当所有的后路都在身后断裂成渊，我也依然觉得天高地阔。他在帮我慢慢找回丢失掉的自己，哪怕际遇会暂时黯淡苍凉，只要是一个温暖亲切的方向，就好，就无悔。

我们的心里，真的都住着一个可爱的小孩啊！他的泪水，有时能洗去我们心上的尘埃，有时，却只淹没了他自己。回想起来，我们辜负了他太多，我们的心易变，我们总是屈服于世事，却说成是成长的代价。其实哪有什么身不由己，我们都曾经是那个简单的小孩，是我们自己迷失，不愿意回到那个孩子身边。

那个孩子依然在心底，在一个纯净而柔软的地方，无助地看着我们，有时会哭泣，有时会悲伤。他觉得，我们离他越来越远了。

其实我们是舍不得那个孩子的，所以他才一直在我们心里。他是我们最初的心与梦，是所有真实快乐的来处，他坚守在一个圣洁的角落里，总是在我们绝望的时候，忽然给我们一个美好的世界。

那我们就好好地呵护他吧，不让他悲伤流泪，不让他失落失望，让心一直一直和他在一起，一如我们守着美好的初心，在充满欲望与诱惑的尘世里，走出一条快乐而无悔的路。

有花的角落

出门向南走不到五分钟，便是一条废弃的铁路横在那里，向东向西延伸到远处。沿铁路向西走十几步，便是一个被荒草围绕着的小木房。周围的铁栅栏已经锈迹斑斑，爬满了藤蔓。

我很喜欢在那里流连，特别是在夏天。非常幽静的角落，除了风，除了蜂儿蝶儿，除了一些不知名的爬虫，绝少人迹。我总是在午后，写字累了，便去那里，忽然在某一天，看到，栅栏上开满了牵牛花。它们就像约好了一样，一齐张开嘴巴，在风里无声地召唤。

铁路两旁不远处，是萧萧疏疏的树。两根铁轨不知沉寂了多少年，只载着连绵丛生的青草，一路向着遥远的地方。我站在风景之外，离那些野生的牵牛花很近很近，近得可以数清小小的喇叭里有几根细细的蕊。藤蔓在铁栅栏的缝隙间进出缠绕，而花朵们便杂乱地点缀其间，红色，淡紫，蓝色，白色，还有带着彩边儿的，都在微微的风里轻轻跳跃。

我把那里当成了自己的领地，就像是《秘密花园》里，那三个孩子隐秘的童话般的世界。仿佛这个角落也有着魔力一般，可以让我的心安静得像澄净的水。开花的角落，就像我心底那个世界延伸出来的一小部分，有着亲切感和归属感。

不过有一天，当我向着那里走过去的时候，远远看见有个人影在那儿，心里一惊，觉得自己的领地被侵犯了。慢慢地走到近前，隔着铁路观望。是一个十一二岁的女孩，正弯腰仔细地看一朵牵牛花。看得很专注，一动不动，一阵风吹来，吹起她长长的头发，也吹起了花间一只白色的蝴蝶。也许，她在看花儿，也在看蝴蝶。然后，她便灵动起来，一会儿跑到一朵花前，不同角度地看，一会儿又跑到另一朵花前，或俯或仰，或蹲或立，脸上时而微笑，时而惊讶。

心里温暖起来，也不再担心，我的领地，愿意被这样的美好入侵。我的心，也愿意让这世间所有的感动来入侵。

那个美丽的角落，依然在那里静静地美丽着。女孩也在流连着，笑着，我也笑着，阳光下，笑脸前，满栅栏的花朵也一样都在笑着。

蹲下来，离美好近些

那是一个夏日的午后，我走在一条细细的小路上，周围是广袤的田野，附近有一个小小的村庄，时有鸡犬之声随风传来。在接近地平线的地方，一个城市的身影远远地矗立着。阳光漫天扑落，打碎了一地的树影。

在我前面不远处，一个小小的女孩欢快地走着，摇动的辫梢儿在阳光的河里荡起温暖的涟漪。忽然，她停下脚步，然后蹲下身来，仔细地看着，就像有什么东西在牵着她的目光。有好一会儿，她才继续向前走。我走到小女孩停留的地方，也蹲下身，大地立刻近得似要拥我入怀。土路在这里有个小小的坑洼，并没有水，而是盈满了阳光。就在这阳光的小小池塘中间，有一株蒲公英，悄悄地举着一朵更小的黄花，在清风的柔波里轻摇。

有多少年没这样亲近的大地了？在故乡的大平原上，那个曾经在风里奔跑的少年，已然在岁月里遥远。那时候，多么容易感动的一颗心啊，一草一木之微，一沙一石之细，都藏着一个童话般的世界，让我于流连中充满了喜悦。曾经久久地看一只离群的蚂蚁怎样不倦地转圈，或者观察一条即将蜕变的虫，看着一只蝴蝶的新生，或者在河边的碎石滩上，仔细寻找一颗与众不同的石子。有时候则是面对墙角的小小洞口发呆，或者拿一面小镜子，试图把阳光照进那个幽深的世界里去。

奔跑的年龄追逐着汹涌的岁月，渐渐地，不再蹲下身来；渐渐地，不再弯下腰来；渐渐地，连低头的时候也少了。大地就在脚下，却离我越来越远。于是风尘漫起，隔断了许多触动心灵的种种。沧桑的，不是岁月，而是在尘世里结茧的心。

那个早晨，我顶着凛冽的北风走在积雪的街上，身畔是零下三十多度的冬天。前面，一个中年男人挽着一个老奶奶的胳膊，慢慢地踩着一地的冰雪，轻轻的话语不时传过来：“妈，你冷不冷？别走太快！”也是在某个时候，他们停下来，中年男人蹲下身。我经过他们的时候，看到，中年男人正在给母亲系鞋带。那个瞬间，无边无际的冬天忽然充满了温暖。

那一刻，让我看到了人间的另一种美好。红尘眷眷，岁月情深，有时候并不在于多少动情的表达，也不在于多少倾心的相伴，就像那个中年男人，在风雪中的那一蹲，便打开了一个充满爱的世界。在那个世界里，沧桑着的，苍凉着的，都被融化在最美的情感之中。

时光可以走远，心底的美好却可以一直在，是我们用忙碌忧烦把心填得满满。不用跨越千山万水地去寻找，也不用煞费苦心地去追求，那些美好，也许就在你蹲下的那一刻，便已然悄悄地莅临。

所以，有时候觉得日子沉重了，或者心里烦乱了，我就会记起当年的那个孩子，蹲在一株小小的植物旁，伸出手，轻轻地去摘那一串细细的果实。于是，一切就都回来了。

第四辑

悟

翻过墙去看河

有些河流一旦离开，
便再也回不去，
因为我翻不过时光之墙，
回去的，也不再是过去的河流。
可是，我们依然渴望，
在某天夜里，在某个地方，
在某堵墙下，水声盈耳，
然后，我们丢下一些东西，
轻盈地翻过墙，
像少年时一般，
奔向那片美好。

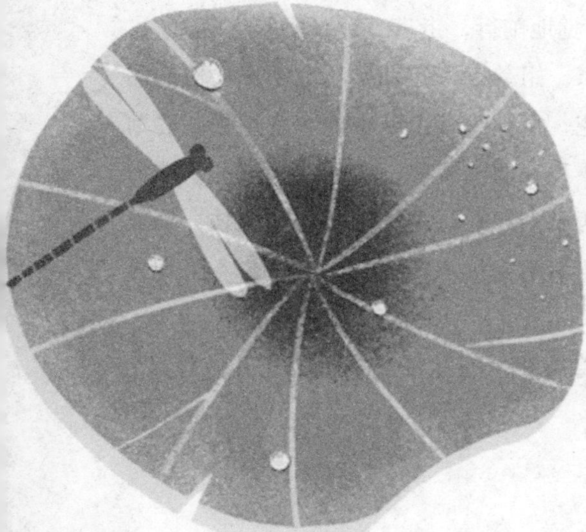

背负一个春天

在我们的小兴安岭，春天来得晚，走得快。当中原大地已经酷暑难耐，这里的各种花儿才开始次第开放。然后雨飞花飞，柳絮飞，春天就过去了，它就像在背后推着我们，我们便走进一个依然短暂的夏天。

被时光这样赶着往前走，有时候就会感觉，真的是身后背着一个季节走向下一个季节。就像在长路上跋涉的我们，也背负着许多东西，有时会沉重得使脚步纷乱，方向迷离。在这个世间，没有一种负荷不是沉重的。可是，沉重和沉重并不一样。就像我们背负着一个春天的明媚和希望，那份重量，温暖而使人不自觉地前行，走进一个繁盛的季节。

很多年前，小镇上有一户人家，姐弟二人，都不超过十岁。他们的母亲喜欢花草，园子里便种满了花，每到晚春，园中便一片灿烂。之前的日子，经常看见两个孩子或栽或种，或浇或修，脸上的笑被汗水洗得明净而温暖。闲暇无课的时候，两个人便在园子里剪下一些花枝，摆放在一个很大的柳条筐里，然后，他们用一根木棒抬着，步行去八里地外的县城叫卖。

问，那么远的路，累吗？闻着香味，不觉得累了。卖花儿做什么？

挣钱。挣钱又做什么呢？给妈妈买药。妈妈好了以后呢？妈妈好了就可以种更多的花。你们的梦想是什么？卖花！挣好多钱，买带更大园子的房子，种更多的花，我妈最喜欢花了，一定高兴极了。

那些随花香飘散的话语，却在我心底生根。梦想都如花般美好，无所谓伟大渺小，梦想的重量，其实是最美的动力。而在世事的风尘里，有多少梦想最后都变成了欲望，让我们辗转不休疲于奔命。也许梦想和欲望的区别，就在于那个过程中，梦想是愉悦的，而欲望是疲惫的。或者说，梦想，累也是一种幸福和希望，欲望，即使轻松也充满了压力。

后来读李清照的那首《减字木兰花》，“卖花担上，买得一枝春欲放”，只这一句，就让我想起当年的姐弟俩。许多年过去，他们简单而美好的梦想，想必不会在岁月里改变了模样。依然芬芳着，在春天里，在清澈的心里。

我更喜欢看一个背着孩子的母亲，匆匆走在路上。或许我们都曾在母亲的背上，度过一段难忘的时光，母亲却从不嫌累。对于母亲来说，孩子是希望，是甜蜜的负担。所以，不管多远多久的路，母亲都能走下去。

我更动容于一个场景，大地上，一个小女孩背着一个更小的男孩，很艰难地走着，一边走，一边给小男孩讲故事，小男孩在姐姐的背上时不时地笑着。我是幸运的，因为我有姐姐，而且在童年的时候，姐姐也经常背着我出去玩。那是一步一朵花开的时节，多少美丽的过往，都成心底的流连与眷恋。那么，姐姐背着弟弟，同样不嫌累，而且会细心地呵护，那又是怎样的一种感受？

母亲和姐姐，背上背着的，是孩子，是弟弟或妹妹，是一份爱，无关梦想，没有欲望，而是一种最本真的情感。所以不管多难行的路，都挡不住脚步，不管多瘦弱的身躯，都能支撑起那份爱。

那么，我们可不可以也用心去爱背上的负荷和压力，就像爱自己的孩子，就像爱自己幼小的弟弟妹妹，如果这样，便是很纯真的情感，很清澈的感动，很温暖的动力，远离了欲望，是不是可以很愉悦地于不知不觉中就抵达了幸福的家门呢？

有时候，早晨去送孩子上学，看着他们背着大大的沉重的书包，便会在心底默默地祝福和期望。在未来那么长远的路上，如果身上没有负荷，脚步就会虚浮。那么，我希望他们背负着的，是一种热爱，是一种澄澈，就像那个装满鲜花的担子，就像那个充满生机的春天。

噩梦的出口

她转头问：“你在听我说吗？”

我茫然地点头。窗外大雪飞扬，她刚才不停地说着，磕磕绊绊的经历，琐琐碎碎的苦难，如外面的雪花扑面而来。在她的声音里，我早已神游天外，只是记得她一星半点的事，仿佛没有开心幸福的时候。心下也是奇怪，按她说的，听她话里的情感色彩，这个人应该早就丧失了生趣。可是，她却活得好好的，而且特别阳光向上，除了这种倾诉的时刻，让人很难想到她曾经的生活是怎样落寞。

用她自己的话来说，她有近十年的生活，就是噩梦。虽然每个人都曾有过噩梦般的生活，但都是很短的时日，像她用十年的时间走出噩梦的，想想就知道是怎样的黑暗与无助。虽然我们噩梦醒来后，回想梦里的一切，会有着一种奇妙的感觉，甚至是一种回望的幸福。可是，要知道，需要经历多少阳光的洗礼和岁月的打磨，才能把噩梦变成美好的回忆。

从噩梦里突然醒来的那一刻，非常轻松和幸福，因为发现只是一场梦而已，自己仍然活在美好的人间。可是当生活成了一场噩梦，走过却需要很长的时间，而回味，则要更久。就像我的这个朋友，从她的讲述中，我依然可以听出浓浓的恐惧和无奈。

我问她：“那么长的噩梦，怎么醒的？”

我虽然刚才漫不经心地听她讲，却有一件事印象深刻。她和女儿相依为命，生活的种种艰难和不如意，折磨得她每一天都身心俱累。有人说，难过的时候可以躲进梦里，可是她的梦里，也全都是恐怖。几乎每个夜里，她都会大喊大叫着惊醒，呼吸急促。被吵醒的女儿就会问她怎么了，她便告诉孩子，妈妈做噩梦了。

有一年春天，她和一些人上山去采山野菜。那天收获颇丰，正高兴着，她就觉得腑窝里不舒服，一看，一只小小的虫子已经钻进了皮肤。那是一种蜱虫，我们这里俗名叫草爬子，偶尔会有一只携带森林脑炎病毒，不过概率比中彩票还要小。可是就是这么小的概率，却被她遇见了。森林脑炎严重可导致死亡，轻一点的也可使人瘫痪，虽然她的是最轻的，不会有什么后遗症，可是住在医院里，依然觉得自己步步是坎，什么倒霉事都能遇上。

有一天晚上，七岁的女儿给她来送饭，这也是女儿第一次做饭。家里没有保温饭盒，孩子怕饭凉了，便把铁饭盒紧紧地贴身抱在怀里。到病房的时候，肚皮都烫红肿了。那一刻，她才在漫长而难熬的生活中，第一次有了感动，第一次有了不是痛苦的泪水。

她告诉我：“我的噩梦生活其实不是从那时候醒来的。有一天晚上，我被孩子的大哭声惊醒，问她怎么了，她哭着说，她也做噩梦了，梦见妈妈死了！那一刻，我才真正地清醒，我的生活，我的精神状态，已经给孩子带来噩梦了！所以，必须得改变！”

那以后，她就像是豁然开朗，以前想不通的钻牛角尖的，全都变得微不足道。她觉得，破碎的只是她心里的生活，而不是她的心，真实的生活依然完整，依然有着动人之处。听她的这句话，很受触动。就像打碎的镜子，每一片镜片里的景物依然是完整的，不会因镜子破碎而破碎。

就像打碎的香水瓶，才会使芬芳四溢。而我们噩梦般的生活，打碎了，才会有新的开始。

在黯淡的日子里，我们可以不一直云淡风轻，但一定要雨过天晴。心里不曾熄灭的希望，可以点亮每一个美丽的早晨，而早晨，就是噩梦的出口，也是一个崭新的开始。

笼子里的花

遇见那只笼子的时候，正是春末，在我们小兴安岭深处，这个时候温暖才刚刚开始。我走在一个小小的山坡上，稀稀疏疏的林木正吐出崭新的叶，一片嫩嫩的绿。那个笼子就在一棵树下不远处，竹制，底部已经散碎，直插入泥土里。它可能是曾经挂在树上，里面曾经困囿着一只美丽的鸟，然后忽然坠落，鸟儿却飞向高空。

然后我就看到笼子里的地面上，长出了一棵小小的植株，纤细柔弱，一阵风来都会摇曳得很剧烈。似乎有笼子的阻挡，它才不至于倒下。笼子不寂寞，在失去了一只鸟儿后，又有这样的一株植物自投罗网。而植物没有翅膀，也没有腿脚，也许这样的桎梏对它并没有什么限制，反而会是一种保护和陪伴。

而再次去那里的时候，已是半个月后，我也改变了原来的看法。此时草木已经繁茂，覆盖了天空也覆盖了大地。那个笼子几乎淹没于杂草间，笼子里的那棵植株也高大粗壮了许多，顶部的细干和周围的枝丫，纷纷从笼子栅栏的间隙里钻出来，然后或旁逸斜出，或扭曲向上，看起来反倒像是它把笼子缠绕围困起来。

可是即使如此，我也觉得那个偶然的笼子限制了这株植物的生长，使它不能恣意于风雨之中，尽情舒展，而且多了一份挣扎。它身畔的那些花花草草，都已经蹿得老高，仿佛争相努力着，去抢从高树间泻落的阳光。

于是心里便因此有了一份牵念。总是在不经意间，就想起山坡上笼子里那株不知名的植物。只是再见到它的时候，又已是十多天之后。夜里一场雨悄悄地路过，便把山色濯洗得清亮无比。踩着一地的微滑与松软，许多叶上的水珠纷纷投入我的怀抱。终于来到那棵树下，一眼看去，竟然没有发现那个笼子。

用目光细细地梳理过去，才在一丛绿色中发现那个笼子，它比原来高了许多。那棵植物已经更高大粗壮，而且枝繁叶茂，像许多只臂膀，把笼子掩离了地面，笼子就像它腰间的一个裙子。被枝枝丫丫托举着，被密密层层的叶子遮掩着，笼子的身形被隐去，彻底被植物包裹住。而且枝丫间结了许多细小的花蕾，向着四面八方，自由而奔放。在风行雨过中，植物越发茁壮，笼子却越发破败。

再次去的时候，那株植物的花儿已经竞相绽放，在夏日林间点点斑斑的阳光下，花儿并不十分鲜艳，但是攒攒簇簇，也很惹人注目。笼子依然可怜地吊在植物的身上，已经松松散散，仿佛是想拼命抓住那一缕芬芳。笼里开花笼外香，而此刻，花与香都在笼外，或者说笼子已不能称其为笼子，它破败无比，只是仗着一些细竹条钩挂在花枝上。一些花儿已经开败，可更多的花儿还在开放的过程中。那一处淡香氤氲，我似乎已经忘了笼子的存在。

那以后仿佛放下了一桩心事，那一株不知名的花儿，终是打破了牢笼，在无人的山间尽情地释放美丽与芳香。于是我便不再想起它，身畔的生活重复而匆匆，我的心刚刚伸出樊笼一角，便又收了回来。于是继续在尘世里辗转奔波，每一天的堆积，时光便于半麻木中消散。当我再次与那株植物相遇，已是秋日。

也是无意间散步，就到了旧处。便想起春夏里的种种，目光依然细细地抚过熟悉的地方，那株植物依然在，更高大了一些，叶片已经稀疏黯淡，花儿也早已谢落。那个笼子已经没有了踪影，我蹲下来，看着地上，笼子已散碎成一些竹条，半入尘埃，和它们在一起的，还有花谢后成熟脱落的种子。笼子终会被泥土所化，而种子，明年依然会破土而出。

如果明年在这里，看到一簇花开，我也许已经忘了曾经有个笼子的存在。

翻过墙去看河

夜已深浓，眼睛依然睁着，想从黑暗的拥抱里，努力看出一些虚幻的场景。友在对面的床上翻了个身，声音穿透室内狭窄的夜：“你也睡不着吗？”

闲聊了几句，他忽然说：“我一直感觉不远处有一条河，闭上眼睛就像能听到水声。”有时候，我也会有这样的感觉，所以一时也似乎听到了流水的声音。于是我们开始各自描述那条河的样子，可能都脱胎于记忆中某条亲切的河流。说得兴起，便决定出去看看。

这是一个不大的宾馆，已然后半夜，院门紧锁。我们两个的灵魂已在外面，指引着我们的肉体翻过了围墙，向着一个方向走去。一直走出很远很远，预感中的那条河并没有出现。只有无边无际的秋夜，挟着凉凉的风，将我们的足音吹得四散飞扬。

重新爬上墙，友忽然说：“我看到那条河了！”转头看他，他正仰头看天，便也向上望去，心下恍然。晴朗的夜空，星河耿耿，像一带朦胧的纱雾横贯中天。我们俩就骑坐在墙头上，仰望那一片遥远的璀璨。有多久不曾这样看过星空了，心上许多的东西都在纷纷脱落，掉到墙下。

我知道，自己翻过了多少的劳碌与麻木之墙，才在机缘巧合中，在这客乡的夜空下，重逢那一河美丽的星光。

在沈阳上学的时候，校园北面的大操场外，便是浑河。每天的黄昏，我们几个便穿过大操场，登上北面的看台，再翻过那道矮墙，河流就在眼前了。我们坐在岸边的土地上，河面并不宽广，河上有一座小小的拱桥，对岸是寥寥落落的民居。斜阳掠过满河的笑纹，把我们的影子拉抻得很长，一直延伸到旁边的树带里去。有时候我们会默默地站在桥上，凝神于一河流水，任各自思绪飞扬。

冬天的雪后，我有时也会翻过那道矮墙，去看那条凝固的河。仿佛本来在大地上流动的一笔，墨迹已然干硬，写下一个冬天。依然在小桥上站上一会儿，思绪也在凝然中轻轻涌动，就像冰河下面的流水悄然，无声而深远。

更遥远的从前，在一个镇子上读中学。依然是校园的北墙外，不远处，有一条闪闪发亮的小河。河的那一岸，是缓缓的山坡，上面长满了杨树。住校，午间吃过饭，便纷纷涌到北墙根下，男生帮助女生，大家翻过墙去，奔向小河。玩闹一会儿，在水的清浅处，踩着石头来到对岸。路过的风被那片林子梳理得细细密密，然后攒攒簇簇地拥挤着我们。

我们跑进山坡上的林子里，脚下柔软，一地支离破碎的光影，头顶是被枝丫切划的天空。树们的沉默拥抱着我们的笑声，鸟儿也遥远。我们在那些树干上仔细寻找，偶尔两个并列的名字，便让我们心底生长出许多的猜想。奔跑，绿树，流水，笑声，都是青春。遥遥回想，曾经的绿树，如今可能已经参天，那些笑声也早已消散，只有那条河流依然吧。

明明知道，有些河流一旦离开，便再也回不去，因为我翻不过时光之墙，回去的，也不再是过去的河流。可是，我依然渴望，在某天夜里，在某个地方，在某堵墙下，水声盈耳，然后，我丢下一些东西，轻盈地翻过墙，像少年时一般，奔向那片美好。

你在听我哭吗

“喂，你在听我哭吗？”

“你哭了吗？”

“啊？坏蛋，那我不是白哭了？”

站在幼儿园童话般的栅栏外，我听到了一个女孩和一个男孩有趣的对话。之前可能是男孩不小心碰到了女孩，男孩没在意，在那儿自己荡秋千，女孩站在不远处哭。哭了会儿，看见男孩没理会她，于是就有了上面的对话。

现在，可能除了这些纤尘不染的孩子，除了一些不可抑制的悲伤，已经没有人会在别人面前流泪，或者痛哭失声。即使有泪，也都是无人时向隅而泣，或者默默地流进心里。

真眼泪，却是假哭，是一种可爱的表达。想引起所在意之人的注意，想得到一种安慰。而真正的哭，不可阻挡的泪水，不会在意身旁有没有人，也不会在意有没有人在听，宣泄的是自己的内心。

想起校园后面的河边，曾经有个沉默的女生经常去那里悄悄地哭，我们都远远地看见，却不知怎么去开解安慰。后来班上一个女生，便在那个女生在河边哭的时候，走过去，坐在她身边。看不到她们怎样，也听不到说些什么，可是渐渐地，那个哭泣的女生就开朗了，不再封闭自己。

我们问过那个女生，当初怎么去安慰的。她只是说，我没有说一句话啊，就是坐在她身边，陪着她一起哭。这是多好的办法，两个人，不同的伤心，同样的泪水，便将两颗心联结起来。这是最好的陪伴，也是最好的安慰吧。

中学时有个女生，心大，而且情绪转换极快，忽然哈哈大笑之后，可能立刻会暴跳如雷。而且她从不会注意别人的心情如何，哪怕别人正不开心，或者正难过，她也会突然走过来，说一个毫无笑点的笑话，然后自己笑得不能自持。或者是大家正说什么说得高兴，她会怒气冲冲地过来，推桌子摔椅子，也不知是谁惹了她，于是弄得不欢而散。

这个女生会毫无顾忌地笑，会不分场合地怒，但是绝不会哭。这是我们对她的评价，说她心太大，眼泪根本蓄积不到满溢的程度。如果她会哭，设想一下，一定是号啕之后，揪住一个人凶狠地问："我刚才哭了，你没听见吗？"这是一个想想就让人不寒而栗的场景，幸好不会成真。

遥远的从前，我还是小小少年的时候，村里有个女孩和邻村一个小伙子恋爱，眼看着到了谈婚论嫁的程度，两人却突然分手。据说是小伙子家里不同意，硬生生拆散了好姻缘。而且小伙子很快就结婚了，他结婚的那天，女孩在自家的院子里唱歌。声音很大，也是很欢乐的歌，唱了一个上午。她从没问过我们，可是，在那欢快的歌声里，我们都听到了她的哭声，虽然没有眼泪。

长歌当哭，很多人会听到，而且是用心听到。

有一次同学聚会，见到当年那个喜怒皆形于色的女生，她依然是过去的风格，让我们有一种亲切感。于是又谈论起她不会让人听见她的哭，或者她根本不会哭。结果一个当年和她一直很铁的男生，站出来揭发，有一个夜里，她忽然打来电话，刚开始说了些不咸不淡的话，不像以前那么心直口快，然后又过了一会儿，她问：“你在听吗？”男生说在听，她又问：“你听到了什么？”男生犹豫了一下，说：“听到你在说话，你没说话的时候，我听到你在哭！”

我们都惊讶，倒是那个女生一点儿也没有不好意思，大声说：“我也是会哭的啊！他当时如果说没听见我哭，我就会立刻在电话里大骂他！”

全笑。笑过后，有一种感动，或许，有的时候，有人在听你哭，也是一种幸福。

那么，如果有一天，当我问你的时候，希望你听见了我的哭。

鸟儿飞进屋里

前几日去一个朋友家小聚，他家的平房背靠青山，正逢初夏，周围草木葱茏，房后的园子里菜蔬一片新绿。我们坐在屋里闲聊，房门敞开着，清风和阳光一拥而入。

正惬意间，两只燕子一前一后地从门口飞进来，在我们头顶盘旋飞舞，然后落在门上的暖气管上。并排站在那儿，歪着头互相看着叽叽喳喳地叫。似乎是在交流一些什么，细听之下，每一个尾音都有变化，有时像问句，有时像感叹。

我们很有兴趣地看着它们，猜想，它们可能是要在屋里寻找筑巢的地方。两只燕子商量了一会儿，便又在屋里飞了几圈，然后一只燕子飞了出去，另一只燕子又转了一圈，竟然找不到出路。它甚至在大镜子上轻撞了一下，以为是一个门户。它似乎有些着急，这时，先出去的那只又从空中飞下来，在门外不停地叫，这才把屋里的燕子接引了出去。

虽然燕子离开了，可是我觉得屋里却多了些什么，似乎是不散的啼鸣，或者翅膀留下的痕迹，总之是耳目都清明了不少。

在山脚下的房子里，夏天开门开窗，总会有一些鸟儿飞进来吧？它们是不经意的，不像燕子，是来寻找安家的地方。别的鸟儿是误入，或者是出于好奇，便闯进了我们的眼睛，在我们的心底用翅膀打开一个新的天地。美丽的邂逅，总会开启一扇美丽的门，门后的世界，是可遇不可求的。

从记事起，就已经习惯燕子在屋里飞来飞去。那时候住的是很古老的草房，外屋里并没有棚，所以房梁裸露，便有燕子来安家。在屋里筑巢的燕子，我们叫它家燕，它的巢也都是半碗形，多是在梁上。或者在两面墙的夹角，硬生生筑成一个小窝。而外面房檐下罗列的各种形状的巢，则是另一种燕子的家，我们叫它们麻燕。

小时候的我，是傻傻地分不清哪一种燕子，只知道在屋里和我们一起生活的，是家燕。那两只燕子每天忙忙碌碌，飞进飞出，修补小巢，或者衔来一些干草铺进巢里。在外屋的窗子上，有一个更小的窗子一直开着，那是它们的门户。两只燕子飞得熟练，总是在不减速的情况下，如闪电般从小小的窗口掠入。即使是晚上，也是如此。

后来，它们孵出了三只小燕子，我经常站在屋地中间，仰头看着梁上那个家，看着两只燕子怎样飞进来，把食物送进一张张小嘴里。有时候，会在夜里醒来，还能隐约听见梁间的小燕子的低低呢喃。我很庆幸，能每一年都亲眼看到，燕子从出壳到成长飞翔的全过程。那三只小燕子长得很快，后来便开始在父母的带领下学飞，起初是在屋里，后来慢慢地进入外面的天空。有一次大燕子不在，一只小燕子从窝里跌落下来，幸好没有受伤，爷爷拿着梯子把它送回了窝里。

再后来搬到另一个村子，房子里都已经吊了棚，便再也没有家燕进来垒巢。不过敞开门窗的夏日，依然会有燕子飞进来，然后再离去。有时候，也偶尔会有麻雀冒失地闯入，我们小孩子便全都喊打，最后麻雀在仓皇中丢下几支羽毛，夺路而逃。可是多年以后回想，哪怕是一只麻雀的光临，都灵动着最朴素的光阴，就像屋子里的空气都活了起来，随着翅膀的扇动，泛着层层叠叠的涟漪。

记得有一次，在荒野尽头的江边，遇到一个废弃的房子，已经门窗破败。走进屋里，并没有想象中的杂乱，却是空无一物，只有壁间蛛网横陈，梁上有着散落的巢窝。几只不知名的鸟正站在梁上，静静地看着我，不惊亦不飞。过了一会儿，便陆续有鸟儿从窗口飞进来，它们比燕子略大，尾尖而长，翠羽黄衫，在我头顶飞舞。人来鸟不惊，不只是在诗中画里。在这极野之处，这个空房子就是鸟儿的家，而我却是误入的那一个。就像当年我满眼惊奇满心惊喜，看着一只鸟儿误入我家。在这些鸟儿的眼中心里，我短暂的来去，或许也是惊奇或者惊喜的吧？

在城市的生活中，在夏日，我有时看着敞开的窗出神，回想曾经那些美丽的不速之客，心底便有了一份渴盼。就像古代的诗人，盼着一只云外的青鸟，捎来念念间的只言片语。如果有一天，真的再有一只鸟儿飞进我的窗口，我的心该是怎样的幸福和满足！虽然它们不会带来天涯的消息，可那份可遇不可求的相逢，却会给我的生命中带来别样的感动和感激。

指尖上的蜻蜓

夏日的阳光无边无际地洒落着，从南菜园的土墙上流淌下来。土墙矮矮，墙头上均匀地插着细细的秫秸，形成短栅，围不住满园的果红蔬绿，却阻挡着院子里的禽畜。当然也挡不住蜂蝶和蜻蜓，挡不住长风和目光。

就像此刻，几只蜻蜓正翩然飞来，然后落在短栅的尖上，透明的翅上载着阳光，在微风里颤动着点点的晶莹。然后又有更多的蜻蜓飞过来，还是小小少年的我，便在墙边伸出一根手指，高高举起。一会儿，便有一只蜻蜓悠然落在我的指尖上，轻得就像一朵风的停留。我仰着头看着它，透过两对清澈的翅，看到四片窄窄的蓝天。

也只是片刻，小小的红蜻蜓便离开了，只剩下风的脚步还在轻轻走过，看着蜻蜓在空中飞舞，刚才短短的时光那么不真实。虽然曾一次次地这样经历过，却也一次次地留恋，担心着某一次，蜻蜓不再飞上指尖。

可能所有在乡下长大的孩子，都有过这样的经历。虽然小小的光阴会湮没于岁月的长河，可是总会在某一个时刻忽然从尘封的心底漾上来，便层层叠叠着太多的回忆。然后心上的尘埃便会被濯洗净尽，那些被沧桑隔断的美好，清晰地与回望的目光相遇。

有时候看着书，或者在思绪若有若无的时候，不知经什么触动，心底会突然生发出一种感觉，仿佛被打开了一个开关，那种美好瞬间弥漫身心。或者这就是人们说的灵感，它就像曾经那只落在指尖的蜻蜓，柔柔地栖在心上，哪怕转瞬即逝，却依然会摇落一片蓝天白云和阳光，让生命柔美如初。

我总是会猜想，当那只蜻蜓飞上我的指尖，会以为我也是土墙上的短栅吗？没有任何危险，所以放心地栖落。可是，我觉得所有的动物，都有着一种神秘的灵性，它能如直觉般判断出危险与否。记得依然是小时候的某一次，我想捉一只蜻蜓，便站在土墙旁，可是很久之后，伸出的手指上没有落下一只蜻蜓。眼望在半空飞着的许多蜻蜓，当时很不明白，为什么它们就不再亲近我的手指了呢？

多年以后，读书，看到一个典故。海边有一个人，非常喜欢鸥鸟，每天早晨他都去海边，和成群的鸥鸟一起嬉戏玩闹。那些鸥鸟也不怕他，和他很亲昵。有一次，他父亲对他说："我听说鸥鸟都喜欢和你在一起，你抓一只来给我玩玩。"第二天，他来到海边，所有的鸥鸟便都在空中飞翔，再也不肯下来和他一起玩了。

李白有句诗，"海客无心随白鸥"。纪昀在《阅微草堂笔记》中也说，"海客无心，则白鸥可狎"。有了攫取之心，那些白鸥便远去了。就像当年我想抓一只蜻蜓，蜻蜓便告别了我的指尖。只有心无伤害之意，那些精灵才会在身边围绕。

只有心里清澈了，眼睛才会明亮，才能与一些美好长久相伴。可是，长长的一生之中，我们走着走着，就在心里塞满了欲望。然后，便觉得许多的美好都在依次离去。生命中诸多的美好，真的就像童年的那只蜻蜓，我们只有做到"无心"，才不会让它们远离。

所以，当我们不断地抱怨人心越来越冷漠、生活越来越枯燥、前路越来越迷茫时，有没有真正地看一看自己的心灵空地呢？那里可还有如洗的蓝天、如絮的白云和如瀑的阳光？是我们自己，惊走了那么多的美好，抛弃了那么多的拥有。

愿我们都能在每一个日子里，在蓝天白云下，在阳光里，脸上是从心底漾出来的笑，伸出的手指是最真诚的期待，那么，总会有一只蜻蜓莅临，翅上载着所有的希望，给我们一段最无悔的时光和心情。

奋不顾身的雨

我曾经问楚依依，怎么在那么好的年华里，一下子去了偏远地区支教。她却笑，仿佛只是一场旅行，虽然要有三年那么久，在她眼里却只如三个星期般，似乎一眼就能看到尽头。

也会猜想，这个楚依依可能是在校园里受了什么情感上的挫折，用现代年轻人的话讲，找个天涯一般的地方，无牵无绊地疗伤。我这样说的时候，她都会飞起大大的白眼，就像是我亵渎了那种神圣的梦想。后来，被我问得烦了，就反问我："你见过西部下的雨吗？"

那样的雨我真的见过。那是在宁夏的时候，虽然一年也难得一两场像样的雨，却真的让我赶上过一次。而且那次有些接近暴雨的程度，那些雨滴争先恐后地落在半沙漠化的大地上，激起无数尘埃。雨来得急去得也快，太阳还是那么明晃晃，只一会儿工夫，大地上便再也没有了雨的印迹。仿佛那么大的一场雨根本没有来过，这就是大西北的雨。

楚依依笑着说："有时候，人啊，就该像那些西部的雨，要奋不顾身一些！"

我也笑："说得跟奔赴战场一样，你就是那一滴雨，奋不顾身地扑到那片土地上了。可是雨和人还是不一样，人可以自由选择去哪里，雨哪有选择在哪里下呢？”

楚依依听了我的这番话，只是用白眼反驳了一下。说这些的时候，楚依依的三年支教时间还未满。每次在网上聊天，我们都要习惯性地辩论些东西，也不管有没有意义，如果她辩论失败，就会白眼飞来。谈起在那边的生活，她发送过来的文字里都带着眉飞色舞的感觉。她说在那如天涯一般的地方，有着难得的安静，不管工作还是生活，或者看书、散步，心里都是极从容恬淡。日子很慢很长，许多事都可以随心而做，简简单单，她非常留恋那种状态和感觉。

有时候也会想，人和雨到底区别在哪里呢？只是雨不能选择落在哪里，人却可以随意而去？如果那样，雨便不是奋不顾身，而是身不由己，那么人呢？真的是自由，还是随波逐流？想想自己这些年的经历，也总会有着身不由己的感叹，如此一来，人和雨却也是一样的，所有的奋不顾身都是被迫的。

便会想到，楚依依奋不顾身地去了西部边疆支教，让她身不由己的理由到底是什么呢？在我第 N 次追问之后，她也是第 N 次郑重地说：“这是我梦想的生活，是真的，并不是你脑袋里那种庸俗的理由！”

她在那里也曾哭过几次，我问她是不是想家想朋友了，她说想是会想的，不过不会到达哭的程度。让她流泪的，是那种很朴素的感动，就像是童年时最朴素的快乐和满足。然后她挑衅似的问我：“你能了解那种感受吗？”

我不屑地回她：“无非是那些学生带给你的很朴实的感动，或者是淳朴的热情焐暖了你的心灵。”

楚依依似乎愣了一下，好像惊讶于我的猜测：“算你聪明！”

“怎么能说算呢？我原来也曾在很偏远地方教过一个月的书的！”我这样争辩道。她给我讲了一些在那里发生的事，多是很平凡的美好，直入人心的那种，确实可以让人不知不觉地流泪。回想起自己曾经在山区里当代课老师的那一个月，多少感动，多少留恋，便也理解了楚依依的眼泪。

三年过去了，楚依依没有回来。虽然家里这边的教育部门根据她三年支边支教的经历，给她安排了很好的岗位，可是她却恋在了那里，真心地爱上了，有了归属感，再也不想离开。她告诉我这个消息时，我就觉得当初的那一滴雨，真的已经融入了那片土地，再不可分割。

她和我说："你当时说，人和雨不一样，人可以自由选择落处，不像雨是被动的。其实，我想明白了，人其实就是一滴自由的雨，你能理解吗？"

看她在考我，我就发过去这样一段话："当然理解了。许多人就像雨一样，并没有自由，而是随着许多不情愿的想法或者说是欲望落进了并不想去的地方。人更应该是一滴自由的雨，勇敢地落进梦想里，不管那个所在是多么荒凉，而不是落进斑斓的欲望里！"

想想看，的确是这样，有时候我们觉得自己是自由的，其实内心却一直被某些东西束缚着困囿着羁绊着，没有那种奋不顾身的精神，就不可能去滋润一方梦想。

楚依依发来很赞的表情："舅舅，我得承认一件事情，当初你猜对了，毕业的时候确实是感情上受了些挫折，也确实是为了找个地方疗伤。不过那都不是主要，只能算是一个意外的动力，算不上是被迫，因为，我内心里的梦想，真的在那天涯一般的地方啊！"

我隔着遥远的空间欣慰着，这个当年的小丫头，真的找到了梦想的土壤，并生根成长。微笑着看向窗外，无数雨滴奋不顾身地扑落下来，那一刻，我听到了许多梦想发芽的声音。

鸟儿很快乐

“太阳还没起床，鸟儿就起床了，它们飞在晨风里，唱着自编的歌儿，很快乐……”

邻家的女孩正声情并茂地给我朗读她写的作文《鸟儿很快乐》，在她柔软的笔触下，每一只鸟儿都无忧而欢乐，就像开在天空上的花儿，在她清澈的眼中写满了欣喜。

我故意逗她：“很多早起的鸟儿，是为了找虫子吃！”

她瞬间便敛了笑意，想了半天才说：“鸟吃的虫子还是害虫多！再说，虫子多招人讨厌啊！”

我又说：“可是，那些很丑的虫子，有的可是会变成美丽的花蝴蝶哦！”

她的脸红了，直到一群鸽子飘摇着飞过，才很不甘心地说：“有些鸟是不吃虫子的，就像这些鸽子，它们肯定是快乐的！”

有一个早晨，我带她在小公园里闲逛，林间的空地上，一些老人提着鸟笼在交流鸟经。笼里的鸟儿见到同伴，很是兴奋地跳跃着鸣叫，声音极是婉转动听。

于是我就对她说：“看，这些鸟儿多快乐，它们唱的歌儿多好听！”

她却一反常态："这些鸟儿一点也不快乐，要是我整天被关在家里，也不会快乐！"

然后她问我："为什么有的鸟笼外面要套一层黑布呢？里面的鸟儿不是会闷死？"

我也不知道为什么，便去请教那些老人。老人告诉我们，用黑布罩住鸟笼，可以遮光，防鸟惊撞，还能防寒防风。我听得和小女孩一样似懂非懂，我以为鸟儿的一双翅膀就可以解决一切问题，却不知这里有这么复杂的东西。

回来的路上，她不停地说："鸟儿会怕光吗？你看早晨太阳升起，多少鸟儿在飞在叫。还防鸟惊撞，关在笼子里本来就已经吓得够呛了！防寒防风？鸟儿不就是在风里飞的吗？从没听说过有被冻死的鸟儿，再说了，冷的时候，它们可以飞到温暖的地方去啊，就像燕子啊大雁啊什么的！"

到家门口的时候，她做出了总结："他们都是骗人的，就是不想把鸟从笼子里放出来！"

有一个周末，她不知从哪里听说，城郊建了个百鸟园，非要让我带她去看看。

那是一片小林子，周围和林间竖起了许多很高的铁柱，支撑着细密的网，将整个林子笼在其间。里面各种不知名的鸟在林梢在枝叶间翻飞啼鸣，还有一些倒挂在高高的网顶，就像在出神地看着天空。

她兴奋地看着那些美丽的鸟儿，有些鸟竟然不怕人，就在我们周围飞来飞去，偶尔会落在身畔。她满脸的笑，目光轻轻地抚过它们美丽的羽毛，却从没想过要伸手去摸去抓它们。她现出很满足的神情，她说从没见过这么多的鸟，而且都是那么美丽，声音那么动听。

我们一边讨论着一边走出这个百鸟园，走出很远，她回头看，神情便淡下来，说："好大的一个笼子啊！"

我也想到了那些在笼子顶端仰望天空的鸟儿。她说："这些鸟看着开心，其实它们一点也不快乐！”

一直闷闷地回到家，我们窗前的一棵樱桃树上，落着两只麻雀，她便立刻转换了心情，一直看着它们飞走又飞回，听着并不美妙的叫声，却是兴奋无比。她说 ：“它们才是真正快乐的！不去想了，还是在外面自由的鸟儿多，快乐的多！”

那两只麻雀那两天一直在樱桃树附近，并不飞走，她便经常在那儿看着，很安静地看着。脸上带着微笑，不知心里在想些什么。

周一的早晨，阳光灿烂。两只麻雀依然在枝上啼叫，她背着大大的书包从我的窗前走过，和我打过招呼，说 ：“你帮我看着这两只麻雀，我得进大笼子去了！”

杏花疏影里，吹笛到天明

少年时读陈与义的这首《临江仙》，只觉既美且沧桑。特别是这两句，“杏花疏影里，吹笛到天明”，总是悠然神往。杏花垂香，明月摇影，笛声如诉，想象中便有一个美好的春夜在缓缓绽放。于是那个时候，就觉得一夜不眠是一件很美的事，只是，在小的时候，也只有大年夜，或许会撑到天明。

没有枝头红杏，也没有月色如洗，更没有笛韵悠扬，有的只是雪花飞舞，只是雪光映目，只是鞭炮如雷。可依然是我喜欢的夜，哪怕是寒冷困囿。外面高高的木杆上，红红的灯笼绽放着朴素的幸福，屋里旺旺的炉火，也正绽放着入心的温暖，灯影摇摇，亲人们每一张年轻的笑脸，都荡漾成眷恋的海。守岁，到天明，守一份成长的渴望，也守一份完整的亲情。

少年时代，虽然学会了吹笛子，却多是在黄昏，在水畔，而且断断续续，只能自己忍受那青涩的声音。所以没能有吹笛到天明的条件，不过，却有一次唱歌到天明的经历。

那时刚上高中，也是冬天的时候，班主任结婚。我们一些同学，坐了两个小时的车，去参加老师第二天的婚礼。到了那个镇上，天已经黑下来，我们又步行了十多里路，才到达那个小村子。一路上我们提着录音机，放着音乐，大家踩着雪唱歌，夜色被雪光映得淡淡，年轻的歌声融进无边的寒冷。到了老师的家里已是深夜，吃过饭，我们在一间屋子里，都不睡。继续唱歌跳舞，不管会不会，都参与，青春飞扬。直到窗子上美丽的霜花被曙光点亮。就像《笑红尘》里的歌词：歌在唱，舞在跳，长夜漫漫不觉晓，将快乐寻找。

多么快乐无忧的时光，多么激情难忘的夜晚。只是都很快地过去了，“长沟流月去无声”，而今“二十余年如一梦”，一切都只能回望。沧桑总是不知不觉间侵袭，许多的情怀便一去不返。却也依然能在书里，体会那种“到天明”的情境。三十年间无数次看《红楼梦》，有个情节总是在心头荡漾。中秋节的晚上，贾府诸人在凸碧山庄赏罢月，黛玉同湘云溜出来，在凹晶馆水畔长廊赏月联诗。山月水月同映，笛韵渺渺，诗思流淌，冷月花魂，寒塘鹤影，一幅清冷而恬然的画面。然后，她们同妙玉又至栊翠庵中，谈诗到天亮。

如果有三五知己，酒兴激发诗兴，在月夜，在笛声里，笑语如飞，不知东方之既白，该是多么畅然的事。不过想来，这样的情景，也是可遇而不可求。在我们的一生中，肯定会有许多个夜晚，坐守天明，而能让人常于念念间回望的，或许只是那么几夜。虽然没有笛声缠绕月色，却有一种心绪氤氲情境。

大学毕业离校的前一晚，许多人聚在我们寝室里，有酒，有回忆，有最后的青春，有满脸的泪水。我们说着，笑着，哭着，仿佛知道，告别清澈无忧的学生时代，从明天开始，踏上社会，便再也不能这样哭笑随心。许多笑都会僵硬地疲惫我们的脸，许多泪都只能默默地流进心里。

我们喝醉了，却依然在喝着，吉他已经弹不成曲调，却依然在随手拨着。哭够了就笑，笑够了就唱，唱够了就拥抱，说到无言便用沉默交流，那一夜，我们就这样迈出了青春的门槛。当朝霞映亮了窗户，也映红了我们的眼睛，我们再度默然，离别的足音已悄悄响起。我看到，许多毕业班的寝室里，都是如此的情景。那个七月的夜，会铭刻在许多人的心上。

在尘世的风霜和时光的沧桑里，我们早已丢失了那样的心境，所以记忆便会在心里疯长成林。多想再有一个那样的回不去的夜晚，我们依然可以笑，可以哭，可以说，可以唱，可以拥抱，可以沉默，就算没有笛声，没有月色，有那些人，有那份情，相伴到天明，就好。

夜再长也荒芜不了梦

我上中学的时候，有个语文老师，她给我们所有人都留下了深刻的印象。因为她每天给我们上课之前，都会问我们一个同样的问题："昨晚，你做梦了吗？梦见了什么？"

于是那些随清晨的阳光消融了的梦境，便又渐渐地在心中清晰起来。老师并不经常让我们讲自己的梦境，只是她每天的问，都会让我们把那些遗忘的梦垂钓上来。

前几天，我听见一个女子在和她的朋友说："几乎每晚都做噩梦，早晨都是被惊醒的，便觉得一天都没精神。别人说，这是睡眠质量不好，所以白天才会累。"

她的朋友似乎很懂这方面的事，她说："也不一定只是睡眠方面的事，有一段时间我也和你一样，天天做噩梦，后来，在睡前，我就不断地告诉自己，接下来发生的任何事都是假的，都是在梦里。果然就有了效果，即使是噩梦，我也能像参演了一部恐怖片一样，只有新奇没有害怕。早晨起来，依然精神十足，所以我觉得白天状态好不好，和梦没有关系。"

我听了，心下很是认同。毕竟，有梦总比无眠好吧？而且，我也曾有过许多那样的梦，梦里的自己知道自己在做梦，所以竟是对梦有了期待，也是满心的希望，想去体验一下现实中不会出现的情节。

我们中学时的那个语文老师，她经历坎坷，甚至可以说是悲惨。可是她给我们上课时，总是热情饱满，便也感染着我们，在每一堂的语文课，心里都满溢着一种激情和感动。我们不知道老师在没有课的时候是怎样的状态，但我想也一定是云淡风轻吧，从她的眼睛里，我看不到落寞和悲哀。

毕业的时候，她和我们说了很多的话，我记得有几句是：再长的夜，只要有了梦，便不再是单一的黑暗。我经常问你们做梦了没有，并不是想让你们记住做过的梦，我只是想让你们记住，你们在夜里曾有过梦。你们走上社会后会发现，这一生中总会有如同长夜的处境，在那样的时候，梦就是唯一的希望，证明你们在长夜里没有麻木没有消沉，所以梦也是一种唤醒，能让你们从黑暗里挣扎出来，走向光明。

后来我在二十多年的时间里，历经了人生的许多际遇，老师说过的长夜也曾有过。经历了才知道，真的如老师所说的那般，没有梦是不行的。而且，再长的夜，也荒芜不了梦。不过，我竟是真的遇到过一个从没做过梦的人。

那是几年前上班的时候，有个同事就说自己从没做过梦。每当我们偶尔讲起做了什么有趣的梦，他都羡慕得不行，甚至不信。怎么也想象不出梦境是怎么回事。他经常说，如果能做一个梦多好，也是一种全新的体会呢。我们起初不相信他说的，哪会有人没做过梦呢？后来时间长了，才觉得，他真的是没做过梦的。想想，没有梦，也是一种悲哀。

后来，一个学医的同学告诉我，那些声称没有做过梦的人，大多并不是真的没有梦，而是他们睡眠质量太好，即使有梦，也会忘得没有一点印象。原来并不是无梦，而是入睡太深，从而让梦找不到记忆中的依着点。其实我们的生活似乎也是这样吧，有的人并不是没有梦想，而是在生活中走得太久，便麻木了，梦想被生活的平凡或者厚重所覆盖，无法突破重重的桎梏，给我们另一种不同的感受。

世间事是奇妙的，有夜的黑暗漫长，就会有梦的绮丽变幻，夜是梦的土壤，也是梦的故乡。所以生活再艰难，境遇再黯淡，也会有希望如星光点染。只要不让心完全地融入黑暗，便总能撷一缕梦的温暖，照亮前方的出口。

那么，就让我们每晚都充满期待地入眠，也许等着我们的就是悠然的美梦。

叶子后面的阳光

那几幅画面真是美极了，都是仰视的角度，阳光从密密丛丛的叶子间洒落，丝丝缕缕，交织成一份美好。有的是近景特写，叶片承载着阳光，从背面看去，半透明间每一条纹络都清晰可见，就像一棵树的缩影。更有几片叶子的组合，在逆光的效果下，如镶着金边的片片花瓣。

看这些照片时，亮子不停地给我讲解着当时是怎样的情形，言语之中掩饰不住的兴奋，很难想象，如他这般五大三粗的男人，竟会有着这样敏锐的目光和温柔的感触。我知道，那么多的黯淡时光流过，并没有将他的心冲击出棱角和茧壳，而是把他的灵魂打磨得越发细腻和恬然。

记得刚成为好朋友的那一年，有一次亮子打电话给我，只简单的几个字：快过来！顿时心下一紧，因为我知道当时他正处于很沉重很落寞的一种境遇中，以为他有什么要紧的事，便急急地赶了去。到了他家，结果很是哭笑不得，他正站在树下仰头发呆，见我来，立刻招手："快来看！"牵引着他目光的，是一片叶子背面的一条小虫子。如此十万火急，就是让我来看一条虫子，顿时觉得很是无语。

亮子似乎看出我的无奈，他说："你知道吗？我看了它一上午，看着它从那边的墙角慢慢爬过来，爬到树上，爬过那些枝杈，再爬上这片叶子的背面。”我抬头看，那片叶子轻轻地摇着，那条虫子贴在上面，一直没有掉下来。亮子又说：“你看那些光！”接近中午，阳光从上面洒落，经过叶片的层层阻挡过滤，余下的光线切割着狭小的空间，竟有着一种朦胧的意味，而地上，却是斑驳生动的光影。

忽然觉得，只有在树荫之下抬头，才能看到如此梦幻般的阳光吧？同样，我们，或许也只有在黯淡的际遇中，才能看到生活的另一种美好吧？就像人在黑暗之中，对光的感知更敏感；就像身处寒冷之中，点滴的温暖都会轻易地入心。生命中有些美，只有周围黑暗了之后才会显现出来，都是顺境中不能抵达或熟视无睹的种种。而要发现这些美，我们先要抬起头，看向阳光，哪怕阳光被重重地阻挡，低下头，面对的永远是脚前的阴影。

亮子就是一直抬起头的人，不管怎样的遭遇，头都仰得高高。他一直说，他就是那条小小的虫子，爬到叶子背面，爬到无路，随时都可能跌落，便去看上面的阳光，虽然隔着一片叶子，却依然能发现许多动人之处，能看明白以往看不到看不清的东西。我于是想起他的那张照片，一片叶子上驮满了阳光，从背面看去，脉络纵横。生活中的许多事都是这样，只有在黯淡之中，才能看到本质，看得通透，看清来处去处，心里便会豁然。黑暗是阳光的背景，许多路，都是在黑暗中才能看得分明。

如今的亮子已走出了黑暗，就像曾经的那条虫子，看明白一切以后，找到了自己的路，正在准备成蝶。我曾说，他是一个有智慧的人。他却笑着否认，他说他只是一个会看的人。如果是走在阳光下，他就不会一直抬着头，因为阳光会炫了目，从而迷失了方向。在光明中迷失，比在黑暗中彷徨更可怕。

也许，那一片叶子，就是我们生活中的厚重，是长路上的坎坷，阻挡着希望。其实，那片叶子挡住了耀眼的光芒，只留下一份柔暖，在我们的眼中心底写满了惊喜。就算无法抬头，一地丛丛簇簇的影子在摇动，那点点斑斑的光，就是最美的花朵。所以不必阳光铺路，只要眼睛是暖的，心是软的，就足够了！

一丛草敲响一堵墙

那道高墙就在街对面，墙后的院子里有许多仓库，与之相邻的另一条街上，是一个很大的家具商城。所以买了家具的人，都会来仓库里拉东西。墙根下，一群人坐在那儿打扑克，或闲聊，不远处的空地上，停着各种送货的车辆，有脚蹬三轮，也有小型货车，还有拖拉机。他们，每天都守在这儿，等着有人雇车。

每次经过时，我都会看上他们一眼，他们穿着干活的衣服，叼着烟卷说笑玩闹，在墙根儿的阴凉处，他们的生活就这样平凡而快乐着。时间久了，我发现一个人与众不同，他不到四十岁的样子，很平静，看着大家玩，或者听着别人的说笑，很少参与进去。更多的时候，他就呆坐在脚蹬三轮车上，看着墙角某处。

有一次我顺着他的目光看去，墙根下的某处，有一丛草很茂盛地绿着。我猜想着，他怎么会看着一丛青草出神，或许，他从那一捧绿色中，想到了家乡的草原吧。恰好那天帮朋友买了一个小床，我便用他的三轮车运送。他很沉默，我不断地找话，在多次的一问一答中，我知道他来自乡下，农闲时进城干点零活。问他看那丛草是不是想到了家乡，他很憨厚地笑，说哪能想那么多，就是觉着那么长那么高的墙，就长那么一堆草，很显眼，就像是墙也因此亮堂了许多。

在回来的路上，我问他孩子多大，一提起孩子，他的话忽然多了起来，满是自豪。女儿十三岁，在乡里念初中，学习非常好，常来县里参加各种竞赛，获过许多奖。他眼里柔柔的亮色，让我的心也跟着暖暖的。

后来我还发现，他和大墙边上一个开废品收购站的老大爷关系很好。经常帮着装车卸车的，那个老大爷给他烟啊水啊什么的，他都不要，只是在那废纸堆里翻找，最后挑出几本书。回到他的三轮车上，坐着仔细看，身边那些同伴的喧嚣仿佛离他很远。

心里便涌起钦佩和感动，在那样的生活那样的情境之中，他依然能安静地读书，是多么难得的情怀！有一次，我走到近前，他正在车上摆弄着几本刚从废品收购站翻来的书，手里拿着一张纸，不时地看两眼对比着。见我过来，他有些腼腆地笑。我说："真好，你这么喜欢看书！"他却是脸一红，不好意思地说："我根本不认识几个字，也根本看不懂。是我闺女喜欢看书，我就想着给她找些。上次回去，她把要看的书名给我写在这张纸上，我正看有没有呢！"

我并没有失望，而是涌起更多的感动。再看墙根下的那丛草，那份欣然便直入心底，那堵墙也仿佛柔软了许多。那个午后，我帮他检查他这一天翻来的书，把适合的留下，可是他女儿列在书单中的，却并没有。他也不失望，说："没事，每天都有好多旧书拉过来，我再好好找找！"

有一天，我把车临时停在大墙下，回去取些东西。回来的时候，看到他正站在车窗前，向里看着什么。见我过来，他很不好意思地笑："我看着车里这本书好像是我闺女想要的，就好好看看是不是。"

当时我车里放着一本图文版的《昆虫记》，便记起他女儿的书单中是有这本。我把书拿出来送给他，他一时有些慌乱，想拒绝，却又舍不得。我把书硬塞进他手里，说："让你女儿好好读读这本书，读完后，写个读后感给我哦！"

他连连点头，脸上全是高兴的神情，不停地说着感谢。这个人，在我帮他找活干的时候，也没说谢，此时，谢谢就像长在了嘴上。他用一块干净的手巾把书包裹起来，装进塑料袋，不敢放在车上，只在手里拿着，就像怕书会自己长翅膀飞走。

从那以后，从大墙那儿路过时，目光便在人丛中刻意寻找他，他在扰攘的伙伴中间，依然安静淡然。就像墙角的那丛草，在冷漠的墙与喧闹的人声中间，默默地存在着。可是在有些目光中，那一丛草却点缀了整个季节和整个人间。他看见我，会对我微笑，把我的微笑也垂钓上来。

后来不知从哪天起，再没见到他，只剩下那一丛草在墙角沉默，似乎也在等待一双凝望的眼睛。向原来的那些人打听，他们并不是太清楚，我估计，他是回家忙着秋收吧。我依然每天会经过那里，那丛草已经渐渐黄了，就像是一种等待到了尽头。

快冬天的时候，有一天路过大墙，就见他在那儿张望，见我过来，忙拿出一个本子给我，说是他女儿边看书边写的，现在看完了，让他拿给我看。我翻开后，里面都是一些读书笔记，还有照着画的一些插画。后面是我让她写的读后感，最后是写给我的一封信。这个小姑娘，真的是像她父亲所说，很聪明，爱读书。问他的情况，他说以后就不出来了，又多包了些地，在家种粮食。

和他告别的时候，我见他又转头去看墙根下那一处，那丛草已经枯萎，可是他的眼中并没有失落，更多的却似乎是眷恋。我也看那丛草，看那堵墙，心里忽然感动，知道明年春天，它们又会用生命把这堵冷漠的墙叩响。就像和我一起站在墙下的他，用多么柔暖的爱与希望，敲响命运冰冷的墙。

以后再没见到他，却是依然想念。在世事的繁华与沧桑中，最深入人心的，依然是平凡中的感动与力量。

从心开始

我看着窗外，一缕风正走过小小的花丛，六月的阳光清新地倾洒着，一只鸟正陪着一棵孤单的树。我一边把目光延伸出去，一边对身旁的小女孩说："孤单！哦，不对，重新开始！"

由于心不在焉，正给她听写的我便念错了词，结果，我看她写的，竟把我说的"重新开始"四个字也写上了，而且写成了"从心开始"。我笑着说："都是学习拼音的小学生了，不能平卷舌不分啊？重和从发音不一样！"

她也笑："我知道你说的是重新开始啊！我是故意这么写的，我觉得从心开始看着更好一些！"

"那你知道从心开始是什么意思吗？"

"就是从自己的心开始呗！"

心里忽然一动，细细地咀嚼这个词，便觉得满院子的阳光花草都在笑。真好，从心开始！回想起来，曾有过太多重新开始的时候，却也有过太多半途而废或无疾而终的时候，也许，我虽然重新开始了，却没有从心开始，所以那条路并没有铺进心里，所以总是走不到尽头。

想起小时候的事。家里有一只不大的黑猫，我们经常拿它取笑。最常做的，就是，把一只较大的塑料杯，套在它的头上。它眼前的世界骤然消失，于是它就不停地后退，以为可以退出黑暗。它有时候退得从炕上掉下去，我们就笑个不停。就这样一次又一次，黑猫总是重复着我们的欢乐。

终于有一次，头上套着塑料杯的黑猫倒退了几步之后，停下来，又向前走了几步，然后接着后退。再停下，向着旁边横移。看来它已经意识到退不出黑暗，正在尝试别的方向。我们饶有兴致地看着它折腾，它又停在那儿一会儿，似乎是在思考，接着，它便开始猛烈摇头，塑料杯飞了出去，它迤迤然地踱出了门外。

也想起一个同样颇能折腾的朋友。他豁达洒脱，豪气干云，处变不惊，不惧失败，挂在嘴边的话是“大不了重新开始”，常做的事是“另起一行”，最爱唱的歌是《从头再来》。这些年起起落落，反反复复，失败是家常便饭，改行是司空见惯。这一刻才忽然明白，他的一次次失败并不是天不佑人，而是心中无根。

小女孩继续认真地写字，窗外的花草正在努力地生长，一只燕子飞入檐下的泥巢，细心地给幼雏喂食，卖玉米粥的大婶推着车不厌其烦地吆喝着。阳光下的人间，许多美好的事物都在用心地发生着，进行着。

多好啊，就是这样。一百次的从头再来，比不上一次的从心开始。

隔壁有人唱歌

大学的时候，寝室里有个同学失恋，痛不欲生。我们为了转移他的注意力，便陪他出去喝酒。没想到几杯酒下肚，竟化作了他的苦泪。看着一个男人无声地流泪，我们一时都对爱情有了恐惧之心。想要安慰他，却又不知说些什么。

就在这静默的时候，忽然隔壁的包间里传过来歌声，有人刻意地低声在唱，柔软的女声，很幽婉的旋律，是那首很好听的《千千阙歌》。我们听得入了神，然后蓦然想到，这样一首充满怀念的歌曲，会更把失恋的同学心底的痛勾引出来吧？可是他的泪却止住了，也在凝神听着，神色渐渐和缓下来。一曲终了，余韵却依然在宁静中徘徊。

后来我们问他，为什么听了那首歌后就好了，是不是歌词启迪了他。他却告诉我们，他根本听不懂粤语歌词，当时他的确满心痛苦，可是听到歌声却忽然想到，原来这个世界上并不只是有伤心的人，更多的是快乐的人。有人哭，更有人唱，而且就近在隔壁。他说，那一刻才明白，快乐离他是那么近，为什么还要浸泡在自己的泪水里呢？

的确如此，我们的悲伤痛苦虽然自认很深，可是，幸福快乐的人那么多，幸福和快乐也那么多，我们是自己关上了那扇门。

有一个朋友在单位拼搏奋斗了许久许久，终于有一天，领导肯定了他的付出与成绩，并告诉他，即将给他升职。他觉得曾经所有黯淡的日子，忽然都充满了意义。那个晚上，他喝了一瓶酒，却依然兴奋得没有睡意。一遍遍地憧憬着即将到来的生活，虽然夜色如染，眼前却铺展开一条闪着金光的大道。

“就在我激动得不能自已的时候，忽然有歌声穿透墙壁飘过来，我听了一会儿，是很悲伤的一首歌，张学友的《一千个伤心的理由》。一个很年轻的男人的声音，虽然唱得并不出色，可那种伤心劲儿却十足。他一遍又一遍地重复着，我听着听着，便酒醒了，梦也醒了！”

倒也不是为那份伤心所影响，只是他一下子想到，即使自己再快乐得意，身边也是有着伤心失意的人，人总不能一直得意，那么，自己的得意又能有多久呢？冷静下来之后，他便安然地入睡了。果然，那以后领导再没有提起给他升职的事，而他也没有太多的失落。在那个夜里，他就明白了，失意不失态，得意不忘形，才是生活的态度。

我们痛苦的时候，不要见不得别人的幸福，而是要从别人的幸福里感受到生活的真相，并以此来感染自己。同样，我们幸福的时候，也不要嘲笑别人的不幸，甚至不要去同情，因为总有某些时候，我们也会经历生活的低谷。

在我们生活的隔壁，总会有着另一种生活。不管是怎样的一种心境，且听听隔壁的歌声，悲伤也好，幸福也好，总会和自己的境遇拼接成完整的生活。

每一天，美一天

一进了三月，抬眼的那一片天空每天都会有着变化。每个早晨送孩子上学回来，从车库到家门短短的五十米距离，目光却能飘到远远的山上，以及更高处的天空。此时的太阳也许才从某座山后爬上来，把南山的林木映得一片暖意。

虽然草木未萌，积雪未净，春天却已真的近在身畔了。就像那一片天空，一天比一天明净蔚蓝，山顶也不再有因寒冷而升腾起来的雾气。云也多起来，有时大朵大朵地从山那边飘过来，在眼中翻涌成洁白的喜悦。小路的右边，是几棵很茂密的松树，目光在枝叶的缝隙间穿梭几次，就会惊落几串清脆的鸟鸣。

我知道那一群麻雀，它们已经相伴着度过了漫长的冬天，此刻似乎都清瘦了许多，叫声也繁密且充满了生机。它们忽栖忽飞，倏聚倏散，在候鸟还未归来的时候，整个天空都是它们的乐园。身旁的草坪上，泥土越发柔软，说不定哪一天，星星点点钻出来的绿色，就会点燃一片欣然之意。

每个清晨，不到五分钟的漫步，都会有许多的美好填满了眼睛和心灵。然后一整天都会很怡然，心底就像三月的大地，柔软着，似乎有什么惊喜就要破土而出。

经常在出门时，会看到一楼的那个老大娘对着窗子梳头，很认真的样子。几分钟后，她就会穿着一身火红的运动服出来，去旁边的水上公园跳广场舞。然后还会继续在另一边的小空地上，和一群人一起练太极。看到她的时候，我总会想起老家乡村曾经的一个老奶奶，她也是每天早晨很细心地梳头，把一头银发梳得一丝不乱。然后站在门前的矮墙边，阳光从东边的土路上奔跑过来，于是她的白发便闪着细细密密的光，她就站在那里，看着晨光里的村庄，倾听着盈耳的鸡鸣犬吠。

便忽然觉得很美好。这样的早晨，这样的开始。有许多人会打扮得漂漂亮亮地走出家门，去上班，去忙碌，只是在他们光鲜的外表之下，又有几颗心也是同样充满喜悦和美好的呢？难道只有那些对生活不再忧虑的老人，才能从内到外地开启美好的一天？或许，生活，生存，压力，责任，并不能成为不开心的借口，虽然这许多都很沉重，却沉重如泥土，一颗充满希望的心就如春天的种子，从不会被泥土所压抑所埋没。

微笑着迎来清晨，从容着走向一天的繁琐，我们的心情，其实从来与身外的人事无关。我们所抱怨的，其实是我们的心，我们的心总是容易被不相关的东西影响，而真正美好的，却总是一过而不留痕。虽然身边那么多不如意，可也都是短暂的，我们更应该对着那些长久的美好驻足，而不是陷在黯淡里自怨。

新闻里的那个小女孩，每天早晨，背着一捆柴，唱着山歌去六里外的学校。我总想象着，歌声里的清晨该是如何的清澈而温暖，那个小小的身影，又该是怎样的欢快而美丽。她的每一天肯定都是美好的吧，即使是贫困，即使是坎坷，也不能剥夺她的歌声，也不能阻止她的脚步。

等过几天，山花开了，也许就更适合去想象那个遥远的小女孩，不管怎样平凡，不管怎样艰难，花儿都会开，日子都会美好。这才是真正的生活吧，只与自己的心有关。

那边的小河，冰还未解，一个拾荒人此刻正站在那儿，眺望，虽然衣衫褴褛，可看着他眼中泛起的光彩，就知他的心里是美好着的。

你看，虫儿都变成蝴蝶了

现在的小孩都聪明透顶，而且见多识广，一般问题考不住。看见几个七八岁的孩子在河边草地上玩儿，夏天在周围热烈着，河水在身边轻唱着，阳光在草尖上舞蹈着。

于是走过去，问："一条虫子怎么过这条河？"

他们都露出轻蔑的神色，似乎都不屑于回答。最后，有一个小女孩甩了一句："谁都知道，变成蝴蝶飞过去呗！"

我又问："那么你们怎么过这条河？"

他们略微有了些兴趣，有的说游过去，有的说蹚过去，有的说从桥上过去，还有的说坐船过去。我说不会游泳，水深蹚不过去，没有桥，更没有船，怎么过？小家伙们都一下子蔫了，开始皱眉瞪眼地思考。

其实我也没有答案，只是顺着刚才的问题自由延伸，想看看他们的小脑袋瓜里到底能想出什么法子来。

他们稍稍跑开了一些，背着我，嘁嘁喳喳地小声讨论着。最后似乎没讨论出什么结果，他们跑回到我身边，都抬头看着我。刚才那个小女孩说："我可不可以变成蝴蝶飞过去？"

“你又不是虫子，当然不可以！”还没等我说话，一个小男孩就顶了她一句，她噘着嘴不再吱声。

一个看起来最小的男孩怯怯地举起了手，我说：“你来回答！”

他先看了看伙伴们，才小声说：“等到冬天的时候，河上结冰了，就可以走过去了！”

我的眼睛一亮，小家伙们也都欢呼起来，他们甚至开始计划起来，说冬天时，要过一次河试试。吓得我赶紧给他们讲做这件事的危险性，除非是在最冷的时候，冰冻得最厚，在大人的带领下才能过去。

解决了这个问题，他们欢天喜地去追蝴蝶了。我看着一河流水，想着那个答案，竟是一时出神。觉得时间真是很奇妙，它可以让一条虫子变成一只蝴蝶，可以把一条河的阻拦变成冬天的畅通，可以使一颗蓓蕾变成花朵，可以将一枚青涩变成成熟的果实。该是一只怎样神奇的手，才能操控这么多魔术般的精彩？

时间如此，那么，等待呢？如果经不起等待，虫子的飞翔梦终会成空，河流仍是天堑。有时候，时间加上等待，或许，就会绽放一份意想不到的美好。有时候，只有时间加上等待，才会自然而然地走通一条久阻的路。

多需要有一颗孩子般纯净的心啊，才能想到这样美好的答案。也许心里简单了，反而一些原以为的艰难，其实只是时光旅途中的一个脚印而已，自然地走着，等着，就都开花结果了，就都过去了。生活中许多的坎坷挫折，就像那条无船可渡无桥可通的河流，等到更深寒的际遇里，便自成坦途。

你看，芳草地上，多少虫儿已变成蝴蝶，悠悠然去河对岸寻找一片花开。所以不着急，不烦躁，在河边悠然地走走，看看天光云影，听听涛声鸟鸣。等到河流被季节冻结了形状，脚步，就自由了。

我本来可以

她狠狠地喝掉一杯水，可能是讲得口干舌燥，更像是饮掉一杯忘愁的酒，说："当时，我本来可以留住他，却是没有张开嘴，也没能张开怀抱。"

多少离别的站台，多少分手的街头，演绎着世间一幕幕的离散。可是有多少的错过是本不应该，有多少动人的故事在遗憾中酝酿。因为那些并不是真正走到尽头的分离，所以我们宁可守着一份平淡的圆满，也不要那样一种缺失的美。

我本来可以，带着多少不可追回的悔与痛。

看过一个爱情故事。两个男孩同时喜欢上了一个女孩，他们都很优秀，女孩也难以取舍。为了不伤害任何一个，女孩最终决定离开这个城市。当她提着行囊站在月台上，两个男孩都匆匆跑来相送，说着祝福的话，然后，分别的时刻和列车一起到来。女孩上了车，在车门处忽然回头说："谁想和我一起走？"一个男孩还在犹豫，另一个男孩却跳上了列车，当站台上的男孩也想上去时，火车已经启动。他懊悔不已，本来可以抢先一步，却想着没带东西，没辞工作，在思想斗争中，就失去了最爱。

一生之中，有多少机遇的列车在我们的眼前短暂停留，我们本来可以上车，却在犹疑与不舍中，眼看着它开走，消失在远方。总有理由看着梦想远去，于是多少的悔恨，多少的无奈，在多年后，也只会化作最悲伤的一句：我本来可以。

许多年前，美国的一群热血青年上了火车，向着西部进发，想去那个神秘的地方，寻找梦想的归宿。他们一路憧憬，满腔豪情，仿佛未知的前方，正有一片美丽的天地在等着他们。走了许久，火车极缓慢地经过一个美丽的小镇，美丽的环境，惬意的人们，悠闲的生活，他们看在眼中，都是心里感动，这不就是他们梦寐以求的世界吗？身旁的一个老者忽然说："如果觉得这里好，你们可以跳下去留在这儿！"

虽然动心，可是想到东西还在行李车厢，贸然下去怎么生活？而且，也许西部比这更好呢？当火车快要驶出小镇时，一个青年打开车窗，飞快地跳了出去。几年过去，那些到了西部的，在理想与现实的巨大的反差中丢掉了斗志。而那个留在小镇的青年，却活得如鱼得水。当初的同伴们得知他的情况，都在心里说：我本来也可以……

我们乘着生活的列车奔驰在人生的长路上，路过多少真正的归宿，却没有下车的勇气。对未知的担心太多，对未来的顾虑太远，那些风景便已飘摇远逝。有些得到必定是先要舍弃一些东西，不能痛下决心，那些本来可以的，都会变成回首时的喟叹。

少年时有一次去参加一个百科知识方面的竞赛，许多题目我都有印象，却怕不准确，所以等我按键时，别人早已捷足先登。赛后互相一交流，结果大家都是有此想法有此顾虑，可是有的人却先抢了再说，且不管其他。先有了答题机会，然后才是准确与否的事。一时间我们都很惋惜，原来，我们也原本可以。

有时候，机遇与风险并存，挑战既是考验能力也是考验胆量。更多的时候，等到我们万事俱备了，却发现那条路上已人满为患，那个地方已无立足之地。本来可以在那里拼搏一番，哪怕失败也是无悔，而在准备中蹉跎，却是无可弥补的憾事。

其实是一次次的选择，让“我本来可以”这句话成了痛处。而在每一次的选择中，我们肯定是因为种种原因，没有去选择心中最想的，从而才造成了很多不堪回首的刹那。

其实，我更希望是这样的感叹：当初，我本来可以不那样做的，但是幸好我做了！

第五辑

恋

烟火可亲

阳光下的人间，

阳光下的村庄，

阳光下的家园，

风里翻舞的衣裳，

眼中流淌的温暖，

鸡犬之声起伏，

花草笑着，日子静着，

这，就是我热爱着的生活。

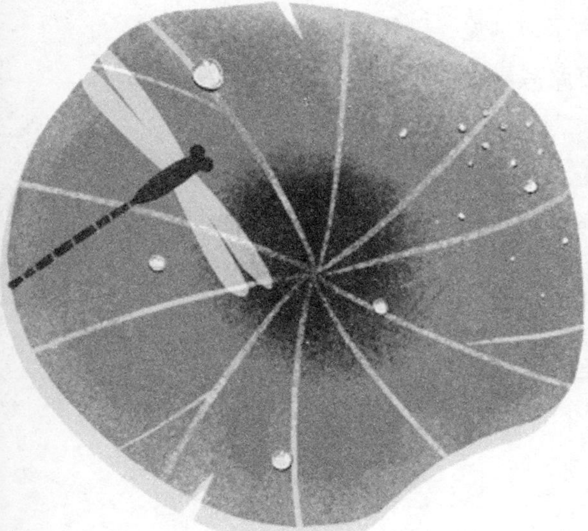

采采卷耳

我是很久以后，读《诗经》的时候，才想起它的所有细节，却联结着清澈的童年岁月。

“采采卷耳，不盈顷筐。嗟我怀人，寘彼周行。”

在这首《卷耳》的一唱三叹中，这种古老的植物所生发出的思念，便弥漫开来。在很遥远的从前，我们并不知道它叫卷耳，更不知道它叫苍耳。它在我们东北大平原的乡下，有一个很土的名字——老场子，或者可能是“老苍子”的误读。

老场子是太为常见的一种植物了，常见得已经熟视无睹。或许只有小孩子们，才会在田边地头、荒野路旁寻找着它们的身影，寻找一种单纯的快乐。

我甚至已经记不清它的叶子它的花朵，或许在童年匆匆的目光中，我们在意的，只是那个小小的满身是刺儿的家伙。每个孩子都知道一个小谜语：“不点儿不点儿，浑身尽眼儿；不大儿不大儿，浑身尽把儿。”前一个说的是顶针，后一个，就是老场子了。

总是从某一次开始，我们奔跑在野地里，回来后，发现裤子上会带着几个老场子。它们扎在那里，随着我们的脚步，跑过一片又一片的美好。或者带着花狗从野外归来，花狗的尾巴上也挂着几只，便想象那条尾巴是怎样欢快地摇动，吸引得老场子们纷纷附着其上，也来感受那份快乐。

于是老场子成了我们的玩具，在夏末或者秋天的时候，老场子已经变成了土褐色，很干，那些细小的刺也坚硬锋锐起来。我们扑向那些矮矮的植株，不顾扎手地抢着采摘。当每个人的口袋都满了之后，一场大战便开始了。老场子同着笑声满天飞，每个人都不会幸免，之后我们互相看着老场子挂在头发上、粘在衣服上，开心不已。有时候在家里，会忽然觉得身上某个地方有刺痛感，一摸，便摘下一只老场子来。

《诗经》里的采卷耳，大概是用来入药的，也有说是嫩苗可食用，是一种野菜。而我在农村生活了那么久，却从不曾见有人吃过，甚至大家会说这东西可能有毒。后来我查阅了一下，苍耳有石竹科和菊科之分，我不懂这些，更不明白我们童年的苍耳到底是哪一类。只是知道，我们采它，是很快乐的心情，而非诗中那种怀人念远之情。

其实在它成长的过程中，我们偶尔也会注意到，毕竟它太多了。我隐隐约约记得，它也是开花的，好像是一小团状的，并不起眼。而老场子刚结成的时候，更小些，青青的，那些刺还很柔软。它们很结实地长在枝头，要用些力气才能摘下，不像成熟以后，一触即落。就像很多记忆在岁月深处酝酿成熟，总是不经意的一个念头，便碰落了一段光阴。

上了小学之后，一年级或者二年级的时候，学过一篇课文，如今记忆漫漶，也是和苍耳有关，说是苍耳粘在动物的身上，可以四处去旅行。当时课文上有黑白插图，看着那熟悉的小东西，我们都相视而笑，既而又很惊讶，原来，它的大名是叫苍耳！可是我们依然叫它老场子，就像一个亲切的小名，离我们很近。

于是就有顽皮的男生，把老场子带进教室，当前面的同学站起来回答问题时，便将几个老场子悄悄放在那个同学的凳子上。那个同学回答完毕，一屁股坐下，便会引发全班的欢乐。虽然老师严厉地批评，可是男生们依然乐此不疲。

于是笑着笑着，时光便流走了。那些老场子还在年年生长，只是不知现在的孩子，还会不会像我们当年那般，在葱茏的田野上寻觅一份简单的幸福与快乐。有时候我会想，如果我某一天收拾旧物，在三十多年前的旧衣上，忽然发现了一枚老场子，那样的相逢，该是怎样的惊喜啊！就像记忆的虚无与真实的存在相重叠，会逼出我和童年一样清澈的泪水吧？

而我知道，这只是想想而已。想的时候，心里有着遥远的幸福，“采采卷耳”的岁月场景，如今回望，只想饮一场酒，浇灭心底的苍凉与沧桑。就像《卷耳》中的诗句：我姑酌彼兕觥，维以不永伤。

其实没有什么长久的忧伤，虽然在长长的时光里，心上已如苍耳般生满了刺，却不会是铠甲，而是为了附着记忆里和身边的所有美好，让世间的美好带着我的心，去走过清亮的天地，和多情的岁月。

废　园

每到夏日，站在南菜园里，看着“蜂蝶纷纷过墙去”，于是，我也就“却疑春色在邻家”。记不清是哪一年的哪一天，我终于翻墙进了邻家的园子。

那时的我，心里还充满着无穷的幻想，清澈的眼睛也总能遇到很多美好的事物。眼中心底都还没有险山恶水，去隔断一份渴望的心情。

邻家的园子一片荒芜，短墙有几处倾圮。这户人家几年前搬走之后，这里，便一直废弃着。从墙头上跳下来，我便被湮没于高高的蒿草之中。扑打着飞舞的蚊虫，我从蒿秆中挤出来，眼前是一个很大的园子，曾经的土垅都被各种恣意生长的草覆盖，草丛中开着许多小小的或黄或白的花朵。蜻蜓和蝴蝶成群结队地尽情栖飞，每一缕风都是从它们的翅间流淌过来的，带着淡淡的清芬。

许多年以后，当我在异乡的野外，遇见一个同样的废园，看着同样的情景，却是满眼的寥落，满心的萧然。每一声足音都敲响着落寞，仿佛时光的无情重叠着心底梦想的废墟。多少的曾经，在日复一日的面目全非之后，猝然相逢这样一个冷寂的园子，便生长出许多的沧桑和感慨来。

可是少年的时候，我有的只是满心的兴奋与期待，这样一个没有人烟的园子，得隐藏着多少惊喜和奇迹啊！园子的东西南三面都是很高的蒿草，或者因从未剪理而上下都是枝叶的杨树，北面就是园墙和院子，还有那个空房子。站在园子里，外边根本看不到我，这真是一个很隐蔽的乐园。

我踏着杂草，小心地躲开那些不避人的青蛙或者癞蛤蟆，来到东北角，那里有一堆木头。几只蚂蚱飞快地跳过去，溅起几朵阳光。底下的木头已经长了半截的青苔，而上面的几根，却长了一些耳朵状的东西，褐色，极硬。除了一些很大的黑蚂蚁爬上爬下，便也只有风偶尔停驻。我很快对这里失去了兴趣，转而向西北角那一堆杂物走去。

我高兴地在那里翻拣着，破旧的手摇风车，破烂的农具，锈得失去了本色的犁，我用力搬开这些，仿佛移开了一段时光，寻找着深远处的宝贝。一只受惊的老鼠飞蹿而去，我浑不在意，目光已经被一个物件牵绊住。那是一根比手指粗些的木棍，一米多长，一端还有一个手柄，我拿在手中仔细端详，猜想它可能是一把老伞的木柄。我飞快地挥舞着，满心喜爱，这真是一个让人羡慕的武器。我心满意足，虽然还有许多未曾翻找，但可以以后慢慢来。

北墙中间的墙根下，立着一只大缸，到我的腰那么高，上面已经豁了口。探头向里看，不知积了多少场的雨水，深绿色。我用刚得来的武器在缸壁上敲了两下，水中扑通一声，一只青蛙跃出又跌回。不禁大笑，这家伙不知怎么进到了缸里，却出不来了，天天坐缸观天。或许有一天，雨水积到豁口位置，它就能自由了。

我在异乡的那个废园里，也看到了许多堆积着的杂物，它们沉默在岁月里。可是却再没有一探的心思，怕那些飞溅的旧光阴，洞穿往事的壁垒。在如飞的日月流年里，尘埃漫漫，渐渐地蒙蔽了一份美好的情趣，也渐渐地丢失了许多珍贵的心境。就连那些翩然着的蜻蜓和蝴蝶，就连那些素淡的小花，也再难点亮幽深的眼睛。离去的时候，回头望，废园依然，就像我心底的荒凉。没有流连，更没有眷恋，只是一次不期然的相遇，除了一声叹息，什么都没有留下。

而当我拿着武器，翻过矮墙，回头的时候，却是有着无边无际的留恋。看着自家园子里整齐的蔬菜，想着废园里那些蓬勃的植株，心头更是一片火热。是的，我觉得那是蓬勃的，一切都充满了活力。我甚至在月夜偷偷溜进去，感受一种不一样的情境。月光下的一切都静悄悄的，偶然的蟋蟀细细的琴声，一丝丝潜入夜色，当群蛙合鸣的时候，缸里的那一只也会大声叫。也会有着恐惧，想象着草影摇摇里，飘出些什么东西。只是回想的时候，却又那样有趣，那样怀念。

这是我一个人的乐园，可以寻，可以找，可以独处，连最亲近的伙伴也没有告诉。只是有一次，我正坐在废园里发呆，忽然邻近我家园墙的那边，传来一阵响动，然后蒿草摇摇，一只芦花母鸡钻了出来。它看见我，怔了一下，便若无其事地步入园子深处，轻车熟路地啄食草籽儿或者小虫。我会心而笑，芦花鸡是我家几十只里的一只，看来它很与众不同，竟然也寻找到了这处乐园。我很愿意与它共同拥有，互不干扰。

在这个离故乡千里之外的夜里，在我的回忆里，那片废园依然青青，依然神秘，像是一种召唤。使得心里的苍凉渐渐地焕发了生机，使得生命中的荒烟蔓草，都盈满了情趣。或许那些被废弃的，也正是不被困囿不被桎梏的，在自然的风中雨里，任意张扬着生命。

于是心里有了芬芳的意味，明天，我会去郊外走走，如果有缘再遇见一个废园，或许，就能因此点亮许多遥远的美好。

心疼一匹马

那时候村里有一家钉马掌的，院子里有个木头架子，经常有本村或者外村的人，牵着马来。我也总和伙伴去围观，每当这样的时候，我就很心疼那匹被固定在架子里的马。虽然知道给它钉了马掌，它会跑得不打滑，也不磨损脚掌，却依然不愿意它被钉上一个本不属于它的铁东西。

邻家有一匹小白马，并不是没长大，而是就能长那么大。小白马由于并不高大雄壮，所以拉起车来就费力。而邻家又很贫困，家里人脾气都不太好，当马拉车费劲或走得慢时，赶车的人就抡起鞭子狠抽它。不干活的时候，它被拴在院子的一角，似乎也吃不饱的样子。而且，邻家有谁心情不好了，就会拿小白马出气，所以说不定什么时候，就会从屋里冲出一个人，拿着鞭子抽它一顿。

小白马挨打的时候，我隔墙看着，就很心疼它。它不叫，也不挣扎，很木然地站在那儿，任鞭子落在身上。有时候，我会和邻家最小的孩子一起玩儿，把马偷偷牵出去，到了野外，轮番骑着跑。有时候被摔在草地上，也不怕。当我俩累了，躺在树下歇着的时候，小白马就自己在空旷的甸子上奔跑，跑得飞快，带着风，马蹄起落之间，便已在远处。这个时候，它应该是快乐的吧？无拘无束，纵情恣意。

十五岁从农村搬走的时候，拖拉机就已经很多了，牛马于是也就少了。幸好我没有看见马们被淘汰掉的情景，否则，定是让我心疼不已。

三十年如白驹过隙，曾经的那些马，随着时光飞快地奔跑，消失。再一次近距离看到马，是前年在哈尔滨的太阳岛上。那是专供游人骑着取乐照相的马，很高大，也很威武，而且披红挂绿，看似非常精神。如果有人骑上去，它也不动，等着主人牵着它，然后沿着场地慢慢地溜达一圈。我看到它的脚步像是很沉重，也不怎么抬头看远方，一步一步，威武雄壮的形象顿失。

于是很心疼它，觉得它非常可怜。它本该在辽阔的天地间纵横驰骋，蹄声踏碎夕阳，长嘶裂石穿云，自由如风。可它却被桎梏在精美的装饰之下，日复一日，眼睛里已经没有了远方，蹄下也没有了风声。或者从小它就如此，从没有过畅意奔跑的时候，可能最终也会老死于槽枥之间，或者最后被杀掉卖肉，完成被困囿的一生。

那个很深的夜里，回想遥远的生活，那些有马存在的日子，忽然觉得，自己的心也曾像那些马儿般。是啊，心儿原来是那样地无拘无束自由自在，而随着成长，无形的羁绊就越来越多，心儿能到的地方也越来越近。繁重的学业，劳碌的工作，欲望又常常披着梦想的外衣前来诱惑，于是心上的东西越来越多，再也不能驰心千里，再也不能意随云飞。或许过了中年进了老年，才会平和下来，却早已丧失了那些豪情锐气，更不能遣心如飞。

所以，我心疼着一匹马，其实更可能是在心疼自己的一颗心。都知道自由最可贵，可是也最难获得，我们总有理由说服自己，去屈服于生活的安排，然后麻木着，流逝着，明白的时候，也许已经垂垂老矣。

从故乡的村庄搬出来很久很久以后，偶然听说了邻家那匹小白马的消息。一个傍晚，邻家的男人又一次生气狠打小白马，小白马此时已经病了很久，谁知一向逆来顺受的小白马，这次猛烈挣扎，终于挣断了缰绳，跑出了院子。邻家人都去追赶，它跑出村子，在南边的大草甸里不停地奔跑，越跑越快，忽远忽近。过了很久，它才跑回来，跑进院子，站了一会儿，就轰然倒地，再也没能站起来。

于是心里释然，小白马终于用自由的奔跑为自己的生命画下了句号。这也是一种轰轰烈烈，我不再心疼它，而是羡慕它，钦佩它。

烟火可亲

我在邻村上初中，只有短短的几个月。每天放学后的黄昏，走在回家的三里土路上，心里便有着说不出的舒畅。先是走过一大片密林的边缘，一条毛毛道穿过农田，再经过那片已渐黄的草地，就到了那条很细很弯的小河旁。河很清浅，几块大石头散落在其中，轻轻巧巧地踩着石头跑到对岸，抬头看，村庄就已在不远处。

家家户户的炊烟升腾成一种召唤，许多倦鸟翅上驮着夕阳，投入身后那片林子，巨大的亲切感扑面而来。过了河，我的脚步就急切起来，沿着土路上牛羊的蹄痕，投进村庄的怀抱。在家门前的矮墙上一跃而过，惊起满院的禽畜，南园里成熟的果蔬清芬流动，草檐下垂挂着红红的斜阳和燕子的呢喃，长长的风跟着我走进房门。

外屋灶台上的大铁锅里冒着香气，灶膛里的火燃得正旺，旁边堆着的柴火，还散发着秋天的气息。只是离开家一白天的时间，回来就有着如此的亲切感，就像在穿越了风雨后，回归一个舒适的怀抱。

然后我看到母亲正在灶台前忙着，这是她日复一日不变的内容，家中田里，一日三餐，缝补洗涮。平日里我不曾留意，只有这种归来的时刻，才会感觉到那份温暖。那时还没有想过，如果有一天我很长久地离开家，再回来的时候，那种感觉会强烈到什么程度。

后院人家的女孩子，和我差不多大小，可家里的所有活计基本都是她在操持。母亲长年卧病，哥哥在镇里打工，父亲要干田地里的活儿，所以她就用稚嫩的肩，撑起这个家的琐碎。站在院门口，我经常会看到她抱着一捆柴火进屋，过了一会儿，炊烟就升起来。更多的时候，她家里飘出很浓的药味，那是她在给母亲熬中药。学校离得近，有时候她会在课间跑回来，看看母亲。

她却很活泼开朗，从不为家里的境况而担忧，也不为天天干很多活儿而苦恼。而且她那种欢快的笑容，很能感染人。后来，当我离家愈远，故乡的小村便浓缩成了家的感觉，对曾经的每一个人都有着对亲人般的想念。那个时候，想起后院的女孩子，心里依然会涌起感动。村庄里的每一户，都是守着那片土地，一辈一辈过着烟火人生，那些院落相连成一个大家庭，不管悲欢离合，还是喜怒哀乐，都汇集成眷恋，成为无尽乡愁的来处。乡亲，乡亲，同饮一井水，共度朴素的岁月，便似乎血脉相连，亲如兄弟姐妹。

后来我家搬进城里，也是住在平房里，每天放学回来，看到烟囱里冒出的烟，依然会有着激动，而更多的，是思念曾经的村庄里那所低矮的草房。再后来，住进了楼房，便连炊烟也不可见。在没有炊烟牵着脚步回家的日子里，总感觉少了一些期盼。

后来的后来，我便越走越远，也暌离得越来越久，快过年的时候回家，走进熟悉的街道，看到自家的窗口，虽然没有炊烟，虽然没有干柴火的清香，虽然没有满院的禽畜，可是心儿依然猛烈地跳动，那种感觉，像极了当年从三里外放学回家的时刻。空间加深了流连，时间沉淀了思念，所以，即使没有炊烟，我也一样在心里盈满了欣喜，因为，那扇窗里，依然是我所惦念和无数次梦回的烟火日子，依然是亲人的梦与盼在心底漫流成海。

所以，我可能永远都达不到那种不食人间烟火的境界，也无法想象那样心无挂牵的生活，我愿意在尘世的烟火人生里牵肠挂肚，平凡而悠长。

有一次小学同学聚会，都是曾经村庄里的伙伴，提起我家后院的女孩，他们说，她母亲后来还是去世了，她也没读完高中就辍学，没过几年，就嫁到了北边很远的地方。想起当年她的笑容，我们很是唏嘘感慨了一番。只是人生的际遇有时很难捉摸，我从没想过会有一天忽然遇见她。

于是真的就遇见了，在我们故乡的村庄，虽然近三十年过去，物是人非，却依然有着一种来自最初的心动。当时我站在村里的路上，看着我家原来的地方，那个让我魂牵梦系的草房早已没有了，我站在那里，用回忆拼凑着所有的昨日。然后，我就看到她，也站在那里，看着她家曾经的所在，似乎也在记忆里重温那些遥远的岁月。

说起那些往事，她的笑容依然那么欢快清澈，没有被时光的尘埃所篡改，就像岁月深处一朵永开不败的花，给我一种不期然的感动。

她说："我多想那时候的生活啊，虽然家里艰难，每天我都干很多活，烟熏火燎，可我很高兴，每天都是，因为我妈在，我爸在……"

我的心里也随之流淌着暖暖的河，一所房子，有了爱与牵挂，即使是寻常烟火，也是生命中最美的家。

阳光下翻舞的衣裳

从山的另一面下来，走到一半的时候，就没有了林木，眼前开阔起来。便看到山下有一所房子，小小的院落，院子里的晾衣绳上，搭满了衣物，红红绿绿的，在阳光下招展。一条粉色的床单，在起伏的风里起伏着，像一面横着的旗，翻舞着，不是梦想的形状，或许是家的形状，或许是爱的形状，又或许是生活的形状。

烟火尘世里的平凡景象，总能轻易地进入我心里最柔软的地方，唤醒着许多朴素的感动。比如，那些晾晒在阳光下的衣裳，常常让我于凝神中，想起许多遥远而亲切的岁月。

多喜欢那样的夏天，院子里积满了阳光，妈妈在一个大铁盆里洗衣裳，我和姐姐们用湿淋淋的手，互相扬着水，于是空中便飘落着欢乐的雨滴，鸡们和花狗也跟着追逐。然后就是帮妈妈搭衣裳，长长的晾衣绳从东到西横穿院子，把拧成一团的衣裳抖开，周围朦胧着凉爽的雾气，衣裳搭在晾衣绳上，再用小小的竹夹或者木夹夹住，怕被调皮的风掀落。

最快乐的，莫过于和姐姐们抢着去拧很大的被罩什么的，一人攥紧一端，不停地笑，用力地拧，笑声和拧出来的水都落在地上。经常是笑到无力，拿捏不住，被罩便落在尘土中，妈妈又要重新冲洗一遍。洗过后，把一铁盆的脏水泼在院子里，鸭子们立刻争着去啄那无数条细细的溪流。这几乎是我们百做不厌的事，幸福和快乐是那么简单，就像衣物里的水，轻轻一拧，便流淌出来。

依然散发着水汽的衣物，被路过的风轻轻摇动。阳光的种子一颗颗扎进衣服里，很快开出一朵朵的温暖来。更多的阳光扑落，荡起许多金色的涟漪。随着衣物里水分的减少，风就越来越快乐，把衣服荡得幅度越来越大。衣服上的阳光都被倾洒下来，把地上的影子追赶冲洗得摇摆不定。等衣服晾干了，我们就去收回来，裹着一层阳光，和一丝没来得及逃跑的风。所以叠衣裳的时候，时有阳光和风的气息，温暖而清爽。

在我们的村庄里，这样的情景，在每家每户都生动地上演着。夏天，我们这些小伙伴，每日在大地上摸爬滚打，晚上回来，衣服上都得带回二斤尘土。所以，每一个妈妈，都有着洗不完的衣裳。而且，走进每一家的院子，在晾衣绳上飘摇着衣裳，几乎都带着补丁。这是很平常的事，那些补丁就像开在阳光下的花儿，如我们无忧的笑声般，把沉沉的岁月补缀得完整而完美。

后来，补丁和那份快乐就一起消失了。搬进城里，也有小小的院落，也有晾衣绳，衣裳也在阳光和风里，只是，在我的眼中，却没有了最初的欣喜。或许是离乡的痛蔓延得太长太久，酷似旧日的情景，唤起的，更多的却是伤感。可是，当我后来走得更远，竟也经常梦见城里那个小小的院子，梦见阳光下翻舞的衣裳。其实，在故乡的村庄时，只有快乐，没有回忆，眼中心底，都是日子的美好。而后来在城里的小院，眼前的场景不能与快乐同步，而回忆，却总是乘虚而入。当离得更远之后，便连眼前的场景也不可得，满心只有回忆。

三十年过去，去年驱车回乡。路过第一个村庄时，看见许多的院子里都晾着衣裳，像是一种亲切的召唤，仿佛只是刹那间，丢失的时光都依依重来，所有的沧桑苍凉，都融化在阳光下，飘散在长风里。

阳光下的人间，阳光下的村庄，阳光下的家园，风里翻舞的衣裳，眼中流淌的温暖，鸡犬之声起伏，花草笑着，日子静着，这，就是我热爱着的生活。

大豆摇铃

有时候，会在梦中听到那一片熟悉的声音，西风长长地拂过，大地上便响起了密集的声音，像无数根手指极快地弹着纸片。清脆又略带一点点钝感的声音，随着风的疾缓，如波浪般起伏。

在我们这片黑土地上，那个年代，种植得最多的庄稼，除了玉米，就是大豆。而我们叫黄豆，儿时所说的大豆，却是菜园里另一种东西。生长的过程中，在满地的庄稼里，黄豆是最低调的。它不像玉米那样直直，也不像谷子那般纤纤，更不像高粱那么亭亭，但是它们很和睦，虽然长到最后也没有一米，却是枝叶交错，不分彼此，渐渐地挽成一片。

我们时常奔走追逐于田地里，隐藏，寻找，欢笑，却极少踏进黄豆地。因为枝叶密集，行走困难，也不利于躲藏，而高高密密的玉米地和青纱帐，却是极佳的去处。渐渐地熟视无睹，在未来的某一天，忽然想不起黄豆开花时的样子。问母亲，母亲的话如一阵柔柔的风，吹散了笼罩在旧时光上的迷雾，我又看到了那些花儿。

黄豆花儿也低调，不张扬，很小，三五朵挤在一处，雪白或淡紫。黄豆花儿类似于一种女子，乍看之下平凡，细看，看得时间越长越好看。

像一只小小的蝶儿立在那儿，翅膀竖起并拢，在微风里轻颤。很少有人注意到，这些平凡的花儿在大地上默默地开谢。就像邻家的那个女孩，每天放鹅，割草，采野菜，偶尔笑，或者辫梢儿上系一根红红的头绳，没人注意到。

当黄豆结荚的时候，便生动了许多。一嘟噜儿一串儿，碧绿碧绿，还不丰盈，怯怯地聚在一起，悄悄地张望着这个人间。当它们熟悉了大地上的风和阳光，昼与夜，便迅速地成熟成长起来，走过青涩的时光，身躯渐渐饱满。

这个时候，我们这些孩子便开始幸福了。摘些青黄豆回来，带荚煮，熟后剥开荚，小小的豆粒碧意盈盈，清香无比。更多的时候，我们没有耐心去剥，而是拿起一个豆荚，捏着一端放进嘴里，一挤，用牙一撸，几个豆粒便出来了，大嚼，口齿留香。后来搬进城里，才知道这种吃法，叫煮毛豆。

西风渐起，悄悄地把大地染上不同的色彩。黄豆也轻轻地换了装，不再绿意盎然，特别是那些豆荚，开始泛黄泛褐，就像泥土的颜色。用手一捏，豆粒已经有了韧性，也长到了最大。再过些日子，颜色便越发深浓了，已经干了许多。我们已经迫不及待，总是偷偷地连秧割下来一些，在荒僻无人处堆成一小堆，点燃，看火旺旺地着起来。待火熄之后，在灰烬里翻找那些烧熟了的豆子，吃得满嘴满脸的黑。这是最好吃的时候，等到收割了之后，豆粒干得差不多了，烧的人就多起来，却远没有此时好吃。

秋天渐深的时候，黄豆一改两个季节的低调沉默。此时的它们，豆荚和豆粒都已经干爽得像最纯真的笑。在浩荡的金风里，豆粒欢快地碰撞着豆荚，摇响着一片喜悦。大地上都是它们的声音，而别的庄稼都已经垂着头沉默，它们没有弯腰，却依然收获满满，且载歌载舞。我们站在田畔，看着那些声浪起伏着四处游走，就像一只无形的大手，在黄豆地上轻轻地抚过。我们也会摘下一串豆荚，摇动着回到村里，伴着一路细细碎碎的声音。

祖祖辈辈传下来一个词，摇铃，竟然充满诗意。我摇着那一小串铃铛进了院子，立刻便吸引了所有禽畜的目光。我看见邻家的女孩，正在院子里跟着弟弟学习写字，辫梢依然系着一根红头绳，也在风里轻轻地摇着。

黄豆收割以后，大地上便简洁了，黄豆地里只余一排排整齐的豆茬，镰刀斜斜地掠过后的痕迹，是一排排细细的尖。我们拿着四股叉或者二齿子，提着土篮子，去刨挖那些豆茬。有风吹过时，耳畔似乎还响着黄豆摇铃的余音。偶尔一只田鼠，在不远处匆匆奔过，东跑西蹿地捡拾遗落的豆粒。豆茬回去晾干后，交到学校班级，这是我们整个冬天烧炉子的柴火。

长长的西风吹过长长的岁月，那一片摇铃之声，依然不时地起伏在心底，遥远而又亲近。远得隔山隔水，故土苍茫，近得入心入梦，闻之泪下。

暖 夜

春天的夜里，其实温度并不高，特别是在小兴安岭的深处，春天很短很浅，直到立夏以后，雪才渐渐融尽。可是喜欢走在那样的夜里，已经脱去了厚厚的棉衣裤，能感觉到一种暖。那份暖，是从深且长的冬天里慢慢走出来后的喜悦，就像不远处有一个明媚的世界，脚步轻轻，走几步就会身处其中。

回望身后巨大的冬天，依然有着一种不真实感。可它依然是温暖的，包括最冷的夜。儿时的温暖，来自旺旺的炉火，滚热的炕头，还有炉畔亲人讲的故事，还有炕头上那只慵懒的猫。后来的冬天，在零下三四十度的夜里，童年的种种已经消散。没有了炉火，却有了一盏醒着的灯；没有了故事，却有了一本喜欢的书；没有了那只猫，却有了枕畔流连的梦。

用情节温暖季节。情节并不只是来自乡村那些祖辈相传的故事里，不只是来自淡淡的书香里，也不只是来自回忆来自虚幻的梦，更多的，是来自心底依然葱茏着的希望。所以，无数个漫长的冬夜，都会生长着丛丛簇簇的暖。

就像童年的春天，虽然树还没绿，草还没萌芽，燕子也还没有回来，可是我们在大地上的脚步，已经开始歌唱，我们的脸上，已经开始绽放笑容。那些料峭的夜，也被我们用成长的渴望和最清澈的梦焐暖。我们的心，已经先于我们的脚步，奔跑进了那个热闹而繁盛的季节。

喜欢那样的晚上，星月满天，微风轻送，满院的果蔬气息弥漫，古老的树下，我们一群孩子，听白胡子的爷爷讲古老的故事。折一只阔大的向日葵叶子，扑打着不安分的蚊虫，树的枝叶间缀满了星星，落在我们的眼睛里，全是憧憬的光。

在那样的夜里，就连恐惧也是温暖的。我们也经常去邻家，听满头白发的老奶奶讲故事。那是另一种传说，田间地头，鬼狐无常，越害怕越想听，越听越害怕。经常是不知不觉间，我们就紧靠在一起，烛影摇摇中，仿佛有什么东西在暗处窥伺着。故事结束，夜已深，一出房门，发一声喊给我们自己壮胆。趁着人未散，我飞快地翻过短墙，扑入自家明亮的灯火里。

有一年十一长假，我们同宿舍的几个，都去一个同学的家里。他家有一片果园，我们就住在果园边上的房子里。夜里我们在园中散步，西风长长，天上将近中秋的月，已经渐圆渐满，空气中全是流动的馨香，一时烦忧顿忘。坐在树下软软的土地上，有人提议，大家各讲一个难忘的场景，必须是夜里的。大家讲的每一个场景，都那么熟悉，都唤起暖暖的回忆。听着的时候，我偶尔抬头看树上，想着会不会有一只苹果宿命般地掉落，砸在我的头上，砸出来一个超级大脑。

轮到我讲的时候，我想起了某个夏天。那时已经过了听老人讲故事的年龄，而是和村里许多半大小伙子一起，去江边参与大堤修建。那个晚上，是我第一次喝酒。都说第一次喝酒不醉，可是，在那片荒甸上，大江之畔，在火光中，我就喝醉了。然后我就到了大坝顶上，想吹吹风清醒一下。结果便一下子睡着了，醒来的时候，夜已深，不远处的他们还在欢声笑语。那个晚上也有很大的月亮，我就那样枕着涛声，盖着月光，睡了一觉。无梦，却像一个梦。

大家讲完场景，便都回房里睡觉。我和另一个男生睡在木头床上，后来被一种奇怪的声音惊醒。窸窸窣窣的，在床底下发出，一时有些毛骨悚然，捅醒同学，开了灯，模模糊糊间看到床底似有一物蠕动。于是大呼，大家全醒了，拥进来，议论纷纷。最后，我们投奔的那个同学，拿了一把锹进来，伸进床底，再拿出来时，锹上盘着一条蛇。我们都没有害怕，那蛇盘在那儿，头高高抬起，左右晃动，眼睛溜溜的，可爱至极，像动画片里的精灵。蛇被放进外面的黑暗，我们都有了些不舍。

不管遥远着的，还是近在身畔的，所有的夜晚都值得眷恋，所有的温暖都来自感动。就像这个依然风雪的春夜，我写下的每一个字，都像是从温暖的土壤中生长出的嫩芽，也许，会在你的眼睛里，开出同样的温暖。

悄 悄

许多事物，如过去的岁月般，蹑手蹑脚地来，无声无息地去。就像此时的春天，在飞雪的身影里，轻轻地印上一份极淡的暖。

夜里的一场雪来了，在梦外纷纷扬扬。早起的一望洁白，重叠了它们多少寂寂的脚步。而中午的时候，阳光也是柔柔地渗透，大地上的雪开始慢慢地燃烧。这样日复一日，忽然有一天，就会于不经意间发现，树的枝丫上，不知何时鼓出了细小的芽苞。就像冰封了一冬的心情，不知于哪一刻开始，变得明媚而柔软。

走得越慢，越记不起过程。那条河流仿佛昨天还凝固着形状，今日就成了大地上生动的一笔。那些冰了无痕迹，就像不曾来过。河水的轻唱，唤醒了岸上沉睡的种子，浅如春梦的绿。青草又唤醒了虫儿蛙儿，无迹的风也唤醒了花儿，花儿唤醒了蜂儿蝶儿，所有的呼唤都是无声的，似乎只是一刹那，一个纷繁喧闹的季节就来了。

往事也如季节一般，在心底暗暗地生长葱茏。它们像暗夜里游移的猫，不时地就融入某种心绪和心境之中。时光是一个放大镜，美好的很近很清晰，忧伤的痛苦的，便模糊成一片若有若无的背景。有时候会在半睡半醒之间，感觉到那些游离的思绪，一点点地汇集成许多似梦非梦的情节，动人心弦，似乎是回忆，又似乎是憧憬。醒来时便逝去无痕，只余一丝丝的暖意，美丽着一天的心情。

等待的过程也是这样美好。就像等待一朵花开，等待一片云生，等待一场相遇，没有焦急的情绪惊飞时光的轻缓，也没有纷乱的足音扰动心境的清幽。而这样的等待，也是需要让自己的心情平静得如水般，清澈而透明，像小孩子的一双眼睛。那个小孩子便从岁月深处缓缓地走来，那时她喜欢我家里的那一盆盆花，姐姐们逗她，说送给她一盆，那盆还没有打骨朵。她依然非常高兴，说是先放在这里，过一段时间再来拿。然后有一个多月她没有来家里，再来的时候，那盆花不知何时已经开放了，她高高兴兴地捧走了。

说到花儿，就想到了曾经到过的幽谷里，清溪两岸那些灿烂的野花。它们就那样静静地开谢，一年一年，没有欣赏的眼睛和赞叹的话语，陪伴着它们的，只有水中的影子，围绕的蜂蝶，和路过的风儿。它们无缘于朝霞夕阳，却也会有着短暂的月色涂抹，在那人迹罕至之处，它们并不是寂寞着的。

经常寂寞着的，是我们这些在红尘扰攘里的人。寂寞的缘由太多，也经常是因为不能言说的心事。不能言说，便在心里独自涌动，或酝酿，或沉淀，一份只自知的甜蜜或怅惘。在平静的神情下，无人知晓的种种，常让我们品味出一种来自灵魂的孤独或惆怅。

寂寞的时候，不妨出去走走，在黄昏，在将暮的大地上。让脚步也轻轻缓缓，让目光也温柔欲滴，让心情也万虑皆宁。走得轻了，才能听到美好的呼唤；走得慢了，才能找回丢失的自己。

我就喜欢在那样的时候出去小走，在山下，在河畔，有时候会遇见流水吻着花影，有时候会看到早升的月邂逅迟落的夕阳。低下头，看着自己的影子一点一点地隐入夜色，风渐渐凉了，便感觉到自己依然存在。

归巢

每年燕子快回来的时候，我才会注意到房檐下的那些燕子窝。它们形状各异，却多是口小肚大，要经过一个细细的走廊，才会进到内室。因为多是倒着悬空而建，所以封闭式的居多，且随着房檐下的地形变化，在各式的不规则中，竟是很美。偶尔也有依墙壁而建的，便是开放型的，呈半碗状，进出方便。

那个时候我家住的是草房，可能燕子喜欢土墙和房草那种大地的味道，所以茅檐下罗列着十多个燕巢。其中最大的一个，横向蜿蜒，占据了近一尺的地方。而且很奇特，仿佛燕子最初只是想建一个平常大小的，建到快要收口的时候，可能转念一想，要大些才好，便继续施工。于是就形成了两个房间，外表看起来，就像一个剖开的大葫芦扣在檐下。

整个的冬天里，燕巢大多是空寂着的。偶尔会有胆大的麻雀入住其中，不过春天的时候，它们就早早地搬了出去。春天渐深，燕子们便归来了，屋檐下满是它们忙碌的身影，整饬旧居，修葺一新。

儿时的我，曾站在春天里，仰望着那些燕子大声地问："你去哪里了？"燕子无言。而多年以后，在遥远的他乡，我常能听见曾经那个小小的少年，大声地问我："你去哪里了？"

多少人都如燕子般，来来去去。可是，人和燕子毕竟是不一样的。燕子年年如客，它们来去守时，虽然那个小小的巢里没有盼归的亲人，它们依然年年往复。而我们所眷恋的，不只是那个低矮的草房，心里更深更浓的，是屋檐下亲人的笑脸。即使有年迈的亲人年年期盼着我们，我们也不会年年归去，而归来，却如客人般，总不能像过去那样全身心地融入。而当房子里再没有了亲人，我们就漂泊无依，不再归来。

燕子归来寻旧垒，当我们失去了那个房子里的亲人，或者举家都离开故土，虽然想念，却也很少回去。即使归来，再也寻不到曾经的暖与恋。于是眼睁睁地看着曾经的巢逝去，在记忆里风雨飘摇。多羡慕燕子啊，两处家乡，一年一度，又穿越了千山万水。而我们在尘世里辗辗转转，总是忘了来处，也常常迷茫了去处。

可是人活在世上，总该有个归处吧，既然身已无着，那么，心就应当有个依托。心灵的故乡，是生命中所有眷恋和温暖的来处，是我们在时光里采来一点一滴的回忆，构建成的灵魂的憩息之地。就如燕子啄来点滴春泥，构筑成它们的家园。在长路上走得倦了累了，停下脚步，心之所安，就是归巢了。

只是很少有人去回忆，回忆最清澈的年华，回忆最朴素的过往，除非是人过中年，或者于某时的某种触动中，才会有着刹那的迷茫和怅惘。不一定时时让心沉湎其中，却要定期地归来休养。我们的目的似乎和燕子正相反，燕子归巢是目标，云路漫漫是短暂的过程；而我们归巢是短暂的休息，长路迢迢才是漫长的目标。

不要觉得走得久远了，身心无依无着，总会有一种温暖在等着我们。当年的时候，家里外屋的房梁上，春天时住进了两只家燕。它们在梁上筑了巢，从敞着的房门飞进飞出。有一次很晚了，两只燕子才回来，可房门已经关了，它们落在窗台上，向屋里看着，直到开门把它们迎进来。后来，家里人就在窗户的最上层，改装了一个可以开着的小小窗，这样，燕子便可以随时进出了。我们把屋里的家燕当成了家庭的一员，有时候太晚不回来，还很惦念。

所以，在我们的路途中，总会遇到一个为我们开着门或窗的所在，总会有人等着我们，用一份惦念焐热生命的苍凉。那么，这也是一个温暖的巢吧，就算初遇，也像归来。

所以，就归来吧，在柔软的巢里，身心俱安。不管明天风雨，不管短暂长久，每一刻的相守，都酝酿着动人的力量。

眉眼盈盈处

时光像拘不住的风，仿佛只是刹那间，就携着所有的眷恋远去了。从大平原来到小兴安岭深处，想来已经整十八年，从青年步入中年，那么多的岁月就在山水之间消散。如叶上晨露，如岭上流岚，一程一程的光阴接踵而来，又次第谢幕。

少年时生长在松花江北岸的一个村庄，村南是一大片草原，东南方向遥远处，有一带山影，我常常神飞其中。对于山的渴望，是平原的孩子与生俱来的一种心情。或许是童年那种渴望的牵引，多年以后，竟然真的来到了大山深处，而且度过了最好的年华。

记得初来的时候，一个夏日的黄昏，我独自沿着一条街向北走。走到一条横着的河旁，大堤上许多人在散步。对岸是连绵的矮岭，沿河逶迤，上面绿树丛生。一条路越过河流，隐没入两山之间，让人神往不已。我是第一次如此近距离地看山，就像隔着岁月的河看曾经的渴望，有着一种巨大的亲切感。凝望那条通向山间的路，忽然就想起了席慕蓉的《山路》，虽然山坡上没有新茶，也没有细密的相思树，而那一片青翠依然触动着心底的诗情。

那个傍晚，我并没有踏上那条山路，也许还没准备好一份心情。

现在已经记不清是什么时候第一次登上那座山的，只记得那是一个美好的季节。山花红紫树高低，踩着一地的鸟鸣，心情和脚步一同起伏。喜欢山脚下那条弯弯的河，更喜欢山间潺潺的溪水，水声濡湿了心，也濯洗了疲惫。这一切，足以放牧久困的灵魂。

“水是眼波横，山是眉峰聚。欲问行人去那边，眉眼盈盈处。”

我不知道宋朝的王观是在怎样的一种情怀中，写下如此生动的词句。仿佛只是刹那之间，山水便充满了情意，成为一种可以与人交流的存在，身心便与天地自然交融。我觉得那不是一种忘我，而是与山水间的一种温暖的交流，是一种默契。也不是一种禅意禅境，水穷云起是禅，而水眼山眉，则是尘世最暖的情感具体到万事万物，所生发出来的一种感动。

想起来觉得有趣。少年儿童时，以为山上的原始森林如画本上所绘的，古木参天，林间清净，蘑菇如星点缀，各种动物往来，多美好的童话世界！可是当我置身于其中，才发现，古木确实随处可见，可是林间却低矮的灌木丛生，密集无比，绝无道路，行走之间辛苦万分。可是童话并没有因此破灭，在真实的山林中，有着一种鲜活的感染力。鸟鸣空山，云深之处，足可驰心骋怀。当登上顶峰，眼前豁然开朗，一水如带，耳畔却是山溪潺潺，便感觉身心都找到了一个可以憩息的家园。

于是我就在山水之间一年一年，春看冰凌花开，采山野菜，夏日寻幽，秋天采蘑菇打松塔，冬季去寻洁白的童话乐园，乐此而不疲。都说熟悉的地方没有风景，可是那些每天都能看见都能相伴的山水，对于我来说，却总有着一种崭新的感动。或许在我的眼中心底，那些已不是风景，而成为一种与我息息相通的存在。我的许多年轻的日月流年，都已放逐于其中，与山水不可分离。即使有一天离去，那片山水之间，依然有我的美好年华在徜徉。

也许这就是生活吧！没有什么轰轰烈烈，平淡平凡，才是最本真的热爱。想起许多隐逸的古人，终老于林泉之间，他们的心底，可能并没有不遇的慨叹和怨怼，有的只是在自己的世界中，过着空谷幽兰般的日子，不求人欣赏，只丰盈自己的内心。所以，采菊东篱，送君南浦，悠然之间，便成了后世之人向往的山水田园。

所以，心有热爱，不为欲望桎梏，那么，眉眼盈盈之间，都是最深情的去处。

中年的午后

总会有那样的午后，呆呆地坐在窗前，或者站在大地上，思绪若有若无，手中香烟的烟雾盘旋往复生生灭灭，像许多曾经的梦想。那么多的往事，越遥远便越清晰，难忘的情节，动人的细节，在心底依依地流淌。而我们就像站在河畔的旁观者，看着对岸的葱茏，看着舟上的小小少年唱着歌儿远去，不敢让心思稍有一丝一缕回到现实中，怕猝然而来的沧桑感，惊散那一幅眷恋的画面。

一切都恍如昨日，总是在刹那间，发现，年轻的时光不再，几十年的岁月，仿佛只是一夕之间，便如云而散。没有一条明显的分界线，也不知从哪一年的哪一日，就一步跨入了中年。都说人到中年万事和，我不知道那是一种历经世事后的超然，还是一种追逐无望后的无奈。不管怎样，总之是平静了下来，如果还能在某一个午后，在面对天地自然时，在回望来路时，能脸上有笑心中有暖，那么，那种平静就不是麻木。

曾经在暮春的午后，坐在水畔，面对一河的流逝与悠然，身后的丁香树上，那些缤纷的花瓣被路过的风撞得倏聚倏散。便想起少年时同样的场景，看着遥远的对岸，放飞过多少悠悠的憧憬。而落花如雨中，又在心间涌起多少悄喜轻愁。易梦，易感，易伤，少年的情怀，在历遍风尘的中年的心里，已如传说般不可碰触。心思依然细腻，而捕捉到的，往往是易生感慨的种种。不甘心年华随逝水，却也只能喟叹。过了为赋新词的年龄，那份春愁未觅而无处不在，却不似曾经的如诗如歌，它就像融化进生命里，偶有触动，便决堤漫流。

有时候身体跟不上心情。明明在某些时候，心轻欲飞，便想登山临水以壮胸怀，却总是到最后举步维艰。及至到达想去之所，身体的疲惫便消磨了那份激情。哪像上学的时候，和几个同学把自行车蹬得飞快，一路笑语，即使累了的时候，也会对着空荡荡的天地大吼。没有了那份体力，便在一个晴好的夏日午后驱车出去，放下车窗，长风扑面，却常常吹出满眼的泪来。满地斑驳的光影，两旁匆匆掠过的风景，总恍惚觉得不是我在疾驰，而是时间在飞逝。

渐渐地，就觉得，中年的平和，并不是无欲无求，也非万事不萦于怀，总会有一些东西念念不忘，也总会有一些事没有做完，一些路没有走到尽头。如果说那依然是一种梦想的话，那么，如今的梦想便离梦更远了些，离现实更近了些。所说的现实，也不是中年的方方面面的压力，而是一种心态。就像在秋天的午后，面对天高地阔西风万里，面对雁声远去落叶如蝶，面对衰草连天山接夕阳，心中涌起的，不是悲与离，而是关于丰收的想象。眼睛想看到遍野成熟的庄稼，想看到芬芳四溢的果园，想用喜悦的斑斓装点丰盈的心境。

就像在冬天一场雪飘落之后，大地上只有北风呼啸着跑过，午后的阳光淡淡远远，走出去，身后一长串脚步与大地的吻痕，心中虽有苍凉，却并不能冻结美好的想象。我会想到，这样的一场雪后，离过年又近了，离春天也近了。而想到春天，为什么会有微微地激动？因为，生命中依然有所依恋，依然有所期盼。

时光的溜走，除了带走我的年龄，带走我年轻的季节，并没有把我的希望全带走。光阴的河淹没了许多梦想，却没有冲走埋藏在生命里的那颗种子。人到中年的平和，就是这样，如春天般温婉，夏天般充实，秋天般静美，冬天般冷静。

所以，中年的午后，是最怡然的光阴；中年的我们，也是一个美好的开始。

接近太阳，亲近泥土

我不知道别人有没有那样的时刻。有时候站在蓝天下，会情不自禁地向上伸展双臂，仿佛那样，阳光就会更暖一些。或者，行走春郊，芳草连天，总想弯下腰来，细嗅泥土的芬芳。那是一种自然而然的冲动，就像所有的羁绊和困囿纷纷卸落，心里涌动着童年最纯真的渴望。

就是在童年，经常在大地上蹦跳，跳着的时候仰头看着天，跳起，便见天空忽悠一下近了，太阳也在摇晃，阳光也在颤簸。跳累了，坐在地上，泥土还带着阳光的温度，尘埃在指缝间摩擦涌动，细细密密的感与触。总是回忆起那点点滴滴的暖，就像光着脚丫儿走在野外，或干硬的土路上，或柔软的草地里，或湿润的小河边，那每一丝细微的感受，都不会在流年里消散，悄悄地汇集成一条无形的绳索，把心中最清澈的那一部分，系在最朴素的岁月里。

那个时候，也常在田间地头，在树荫下，看着家人和乡亲们在田间劳作。古老的耕作方式，祖祖辈辈挥洒汗水的黑土地，离他们是那样近，泥土便沿着锄把沿着镰刀把向上延伸，最后近得可以融进血液里。太阳也离他们那样近，大朵大朵的阳光扑落，砸在他们的额上、背上，飞溅成晶莹的汗珠儿。现在想起来，觉得那个场景很入心。曾经在田间劳作的父辈们，回忆往事，都说，那时累是累，但不觉得苦。

累和苦，是完全不同的感觉，累是身体上的，苦却是心灵上的。虽然那个遥远的年代很累，但是都很快乐，单纯的快乐，欲望很少，满足很多。阳光无声，大地无言，在那个简简单单的世间，都是最动人的笑脸。

在短暂的教师生涯里，有两个男生印象深刻，源于他们的一次争论。高个子男生在矮个子男生面前炫耀高个子的好处，说到最后，高个子说："我比你离太阳近，阳光先照到我！"

矮个子不甘示弱："我比你离地近，离地上的东西近！"

高个子反击："可是我也是脚踩在地上，咱们其实一样近！"

矮个子想了想，说："我看水里的太阳比你近！"

高个子也说："我看山上的土比你近！"

我笑，在六月的阳光里。听着两个孩子的话，忽然觉得，太阳那么近，大地那么近，在太阳与大地之间，多么美好的尘世。当越长越大，越走越远，却是感觉离太阳和泥土越来越远，就像那些远逝的年华，就是在梦里，也难遇见。

还有那次，我在乡下看到两个孩子爬树，爬到上面，坐在树枝上，仰头拥抱蓝天的样子，嘴里大声欢呼，所有的叶子都被阳光踩踏得不停地颤动。然后两人溜下树，就在岸边摔起跤来，两人磕磕绊绊，翻翻滚滚，一会儿工夫，身上脸上便全是尘土泥巴。两人摔累了，就躺在那儿，不停地笑。

我也不停地笑，站在大地上，站在太阳下，看着两个孩子，心里柔柔的，就像那些遥远的时光，正在轻轻淌过。便突发奇想，也想躺下去，不管穿着多么整洁的衣服，怎样新鲜的鞋子。于是就真的躺下去，两个孩子好奇地侧头看我，毫不掩饰地笑，我也笑，于是一起笑。笑够了，就都看着天。感受着身下的泥土，它们就像有生命一般，轻轻地拥我入怀。这个时候看天空，看太阳，就觉得更近了，近得仿佛就在怀里。

忽然明白，真正地亲近了泥土，便也就接近了太阳。心沉下来在泥土的怀抱里，灵魂就飞向了高远。那么就接近太阳，采一朵阳光，戴在发间；那么就亲近泥土，撷一缕草香，披在身上。多好，就可以抖落掉许多风霜沧桑，轻轻盈盈地走，暖暖融融地走，踏踏实实地走。

我就是那样走回去的，阳光的芬芳，泥土的印迹，都在身上。不在意路人惊讶的目光，脸上的笑容清清浅浅，像童年那条干干净净的河。

衣我以华裳

多么温柔的月光啊，当我踩着一地如水般的清澈，便知道自己沐浴在怎样宁静柔软的月光里。仿佛一件华美的衣裳，挡住了夜的寒，让我的心梦一般暖，散发着淡淡的微芒。我看不见自己，却能于不再沉重的影子中，知道自己是如何怡然。若是有人看见此刻的我，在他们的眼里，我也会是美的吧？至少不会是阴沉和丑陋，因为月光衣我以华裳，在这样美丽的夜里。

当我走过那么多的黑暗，回头望去，就像是曾经的夜都张开了多情的眸子，可是，在彼时彼境，我却没有与那些深情的目光对视。在很多年前的一个夜里，走在一片梦魇般的旷野，头顶大片的乌云，黑暗中方向也失去了意义，便低下头，仿佛这样就能避开身前身后绝望的陷阱。不知在哪一刻，抬起头来，恰好云破月来，刹那间，心底竟是无由地感动，点亮了所有的黯淡。黑夜一下子就充满了意义，脚步也一下子充满了力量。

所以，在无星无月的夜里，我也是美丽着的。因为，还有梦想，梦想衣我以华裳。

多么温暖的阳光啊，透过玻璃照在眼前的书卷上，照着微笑的脸。心里的暖和身外的暖交融纠缠，也是一件明媚的衣裳吧？它把周围的一切都洇染得暖暖，走到哪里都是风景，就算停在那儿，都是无边无际的明亮。

真希望就这样温暖着自己照亮着别人，可是一生之中怎么会都是阳光灿烂呢？多想像有些人那样主动迎向风雨，当成风景和挑战，让风雨衣我以华裳，在逆境中展现最美的身姿。或者在阴云满天阳光悄隐的时候，我依然能大步向前，虽然没有阳光，也没有风雨，有的只是阴暗，我还是能从中得到温暖的力量。

所以，在风雨中，或在阴暗中，我也是美丽着的。因为，还有希望，希望衣我以华裳。

多么多彩的生活啊，从满怀憧憬，到满腔激情，到满心失落，到满目茫然，走过幸福，走过苦难，走过辉煌，走过平淡，生活在我身边变幻着色彩，恰如一件斑斓的衣裳，辉映着生命中所有的悲欢离合。多少顺境逆境，都在一颗火热的心的澎湃中成为过往，不管在怎样的一种境遇中，对生活都会有着最纯净的惊喜和最清澈的渴望。

生活包容着我，我也同样包容着生活。既然是多姿多彩，就要允许有灰暗的色调。所以在坎坷磨难中，从来不曾绝望，或者绝望于某事，也会重起一行，让另一种美好来延续。或许会有短暂的消沉，或许也会有长久的沉默，却从不曾让心上蒙尘起茧，依然有着动人的温度。

所以，在艰难中，我也是美丽着的。因为，还有热爱，热爱衣我以华裳。

多么多情的岁月啊，走过那么多的四季轮回，蹚过那么长的时光之河，每一段，都会有着洇染我的情感。或亲情的无岸无涯，或友情的鼓舞鼓励，或爱情的甜美甜蜜，都刻骨铭心，好似永不褪色的衣裳，让我短暂的生命奔走在时间的无限里，不再感到沧桑与苍凉。

即使某一段时光，我走过时，心情与脚步都是沉重的，可是当一切都只能回望，我却总能于那段过往中品咂出别样的幸福。并不是岁月还原了美好，而是我身处其中时，并没有感觉到那份情的存在。是什么让我能从那些时光里走过来？当岁月剥去层层的迷雾，我会清晰地看到，有多少人的爱包围着我保护着我，把更多的风雨挡在身外。

所以，在沉重中，我也是美丽着的。因为，还有情感，情感衣我以华裳。

你看你看，月光延续着阳光，生活洇染着岁月，所有的所有，都会在我柔软的目光里，轻轻地为我披上一件华美的衣裳。我温暖地走，感恩地走，直到把一切都走成无悔的回忆。而回忆，也会是一件幸福的衣裳吧，闪亮着一生中所有的感动和流连。

亲笔砚

读《红楼梦》，每次看到刘姥姥进大观园，在探春的秋爽斋中，那一段对书案上所陈列物件的描写，都会神往不已。“当地放着一张花梨大理石大案，案上堆着各种名人法帖，并数十方宝砚；各色笔筒，笔海内插的笔，如树林一般……”想象着就是在这样的书案旁，探春提笔写下数张帖子，分送各处，于是海棠社成立，从此一群少女并一个少年，开始了诗词相伴的时光。

真的很羡慕古代的那种书写方式，或“矮纸斜行闲作草”，或“书被催成墨未浓”，晴窗暖阳，墨香洇染，沉浸于其中，便俗虑顿消，心神俱宁。少年时也曾和几个伙伴一起练毛笔字，从描红到临摹，更多的时候，是在旧报纸上横平竖直地耕耘。于是青春就在笔砚之畔泛起了涟漪，成为记忆中一段芬芳的时光。

想想从古代的正常书写方式，到现代的特意去练习，还不能持久，这样的转变，丢失了太多原本的美好。我喜欢写毛笔字，却也只是爱好，也并没有十分正儿八经地下过苦功，所以距离书法的程度还很遥远。可是一想到古代那么多的人，都在写毛笔字，而书法家却也是寥寥，便也就心平气和了。本来就是一种从前的正常方式，就是一种现在的爱好，便也没必要去想成名成家，只要心乐其中，就好。

我的书桌之上，也有笔筒，大大小小粗粗细细的十多支毛笔，攒攒簇簇插在里面，像是在守候。旁边也有几方砚台，盈满着光阴。虽然我的那些笔砚都是凡品，可是却是我常常亲近的，所以很有亲切感，就像是不可分割的一种情愫。虽然名笔古砚很珍贵，当沦为观赏收藏之物，却也就远离了我们的手和心。

一个朋友家里也摆放着一长条书案，笔架上悬挂着很多毛笔，夏日开窗，清风时来拈毫弄管；砚台内常有残墨，凝固着一缕淡香；桌面上纸张零乱，新旧墨痕杂陈。每次看到这个场景，心里都会很温暖。经常亲近笔砚之人，气质中自然带着一份典雅。即使是游戏笔墨，心灵也不会荒芜，灵魂也不会孤寂。以笔砚为芳邻，更胜过莳花弄草。

所以我也喜欢欣赏一些古字画，除了陶醉于那一份俊逸古朴，更会想象古人写此幅字时的情形。想象他们的神情气度，怎样运笔挥毫，于是龙蛇行于纸上，笔底生起云烟。隔着数不清的岁月，遥想当年草圣张旭三杯之后，无视王公，脱帽露顶，挥毫如舞；或者书圣王羲之在酷暑之际，汗滴砚墨，给友人写了四个帖子，即流传后世的《热日帖》《大热帖》《热甚帖》和《毒热帖》。古人风采难及，笔砚已成他们生命中不可分割的一部分。

有时候我也闲看朋友写字，亦是动人心目。那种专注的神情，那种虔诚的态度，仿佛要把自己内在的所有，都融入笔下的字句之中。该是怎样的一种热爱，才能在亲近笔砚的那一刻，让心静如水，让神凝如山，所有的欲望和纷扰全都摒弃，剩下的，就是生命中最最本真的那一部分了。

我也爱我的笔砚，虽然不能像古人那般视为生命，却也是不可舍弃。像唐代大书法家怀素，把练字用秃了的笔都埋葬起来，便成了后世传说的笔冢。想来我曾扔过多少用坏的笔，虽然离手的那一刻，会想起曾经和它共度的时光，心中也有着一种眷恋，可是回想古人之风，依然觉得有所愧疚。

只是我不会忘记那些亲近笔砚的时刻，那些笔砚，即使有一天与我分离，我也不会太过于伤感，毕竟，我没有辜负相伴的光阴。勿使笔砚生尘，勿使书案寂寥，就算写下的那些字都已不知失落何处，可是写在心中的那些情节，却一直在美丽地生长，生长成一个清幽而流连的世界。

孩子，别跑

在公园里，看到一个小小的孩子挣脱了妈妈的手，去追路边的蝴蝶。年轻的妈妈很着急，一边快步追赶一边喊："孩子，别跑！别摔了！"

想起两个女儿这么大的时候，一出门便是互相追逐着奔跑，除非是在马路上，我们极少去喝止。有时候摔倒了，从开始的哭，到最后的习以为常，爬起来继续跑，我们也很少去呵斥去告诫。记得有一次，大女儿膝盖摔得鲜血淋漓，我们给简单地处理了一下，她便又跑到蹦床上，和妹妹一起翻翻滚滚。

小孩子不和大地亲密接触几次，还叫成长吗？我小的时候，东邻西舍，一群野孩子，每天呼啸着奔跑在村外的田野上，翻墙爬树，摔跤打闹，每天身上都或多或少地有点伤。我们不当回事，大人也不当回事。一年夏天，我在炕上跑，一下子被炕沿绊得摔下来，右胳膊当时就骨折。家人们说起往事，都说我当时和后来接骨时，都没有哭，还见人就兴高采烈地讲述自己摔下来的经过。在我的记忆里，胳膊吊在胸前，沮丧了好几个月，因为只能眼巴巴地看着伙伴们跑、跳、闹。那时，从没有想过，不能再那么疯跑，也不后悔恐惧。

就像父亲说过的，男孩子不摔打摔打，长大后就更经不起摔打了。

现在的孩子都金贵、娇气，别说摔打，被蚊子叮一口都受不了，父母都心疼得不行。我在夏天的河边，看到一个小男孩，白白净净，柔柔弱弱。河畔的草地上蜂飞蝶舞，他看着，却依然紧拉着爸爸的手。一只蜻蜓从眼前飞过，爸爸松开他的手，说：“快跑，去追！”男孩犹疑，爸爸推了他一下：“快跑啊！”他才怯怯地向前迈步。爸爸见此，便也向前小跑着，男孩这才兴高采烈地追逐着爸爸的脚步。渐渐地，他胆子大了，把帽子也扔了，草地上他的身影欢快无比。忽然他摔倒了，趴在草地上咧咧嘴，看着爸爸，爸爸并没有来抱他，而是说：“快起来，这有蚂蚱，再不抓就跑了！”男孩一跃而起，飞跑过去，浑然忘了摔倒的事。

有一回，我带着亲戚家的男孩出去玩，他六岁，安静得像女孩，连走路都小心翼翼。路过一个大沙堆，一些小孩在上面玩沙子。他眼里有渴望，我就鼓励他去玩，他却说：“会把手弄脏了，妈妈说不卫生！”我说：“大胆弄脏你的手，没事，你不想去玩儿吗？”他想了想，终于把手一甩，就像甩掉了妈妈的教导，登上沙堆，玩得不亦乐乎。玩够了，他一边倒鞋里的沙子，一边说：“太好玩儿了！”

在郊外的树林里，我给他讲，我小时候怎么爬树，爬到高处向四外看，是怎么不一样。他听得既羡慕又怀疑，问：“人会爬树吗？”我告诉他我们小时候，所有男孩都会爬树，于是我便告诉他如何爬树，怎样把腿盘紧，怎样两手抱紧，怎样向上移动。他站在树下依然顾虑重重，说：“会把新衣服刮破的，妈妈说，让我小心点别弄脏了弄破了！”我说：“脏了可以洗，破了可以再买，你觉得是爬树好玩还是新衣服好玩？”

终于好奇心占据了上风，他来到树下，我手把手教他。最后，他能爬到很高的地方，四处张望，惊讶兴奋得不行。于是他便一棵树一棵树地爬着，直到筋疲力尽。不管脏不脏，他一屁股坐在地上，大口喘气，对我说：“太棒了！爬树太好玩了！在上面能看出老远，我妈总不让上高的地方，说是危险，会摔下来！”

回去的路上，他的状态截然不同，话也多了，脚步轻松而有力。

想想看，有多少父母，把一些偶然的意外夸张成常态，把一些危险放大到故步自封的程度，于是在不知不觉中，给孩子身上套了一副又一副的枷锁。孩子就像被关在一个透明的房子里，看得见许多美好，却不能去接近去融入。一句“孩子，别跑”，并不是关心，而是桎梏，并不是爱，而是残酷。

在尘世的天风海雨中翻滚过的孩子，才能经得起长大后许多的狂风暴雨。

总有一种情感与岁月同在

离得越远越久，故乡的人事便离心越近，仿佛时光的浪潮淘尽了那些苍凉的沧桑的，剩下的，都是晶莹着的美好。

西邻的老奶奶一头银发，眼睛也不好，可是我们却都愿意围绕在她的身旁，因为她有着很多很多奇妙的故事。她盘腿坐在炕上，苍老的声音回荡成动人的情节，我们总是听到窗外夜幕长垂，依然不舍得离去。尽管有时候，她讲的多是乡间轶事，尽管我们常常吓得不敢走进黑夜回家，却依然喜欢听。有一次，只有我在她身边，偶然问起，她怎么知道那么多的故事，她似乎愣了一下，侧耳听着院子里的鸡犬之声，然后告诉我："那还是我小时候，听我爷爷讲的！"

当时我便想象着她很小时候的样子，想象着在灯影昏黄中，她听着白胡子的爷爷讲故事的情景。她说她给我们讲着那些故事的时候，就会想起自己小时候，就会想起最疼爱她的爷爷。那么长的岁月过去了，她也垂垂老矣，却依然于那些世代相传的故事中，感受着那份永远的温暖与眷恋。

村东头有一个老太太，似乎是得了老年间歇性失忆症，一天中大部分时间不认得人。几乎每天的早晨五六点钟，她都会穿过村庄，来到村西头的土路边，站在那儿向远处张望。直到太阳升起很高，她才慢慢地往回走，有时候是被自家的孩子找回去。不管是冬天下雪，或者夏天下雨，她都很少间断。起初我们并不知道她站在那儿看什么，有人问她，她也是茫然不语。

后来，和她年纪差不多的老人说起这事，我们才知道原因。她四十多岁的时候，丈夫去外地的亲戚家，却一直没有回来。家里人写信给亲戚家，那边回信说他根本没有去。亲朋好友四处找了很长时间，也没有结果，这个人就这么失踪了。当她上了年纪，得了这种失忆症之后，便每天早晨都去村西的路边等。因为那时从外地回来的人，在镇上下火车，步行十八里回村，那条土路就在村西。

多年以后，我总是想起那个在村西路边等候的身影，心里便满满的都是感动。即使再长的时光，也隔不断一种期盼，一种守候。

村南有个孤身的老人，几年前，他和老伴才搬来我们村。他们没有孩子，这让人们很是感到奇怪，因为他们那个年龄的人，一般都会有四五个子女。老伴搬来没多久就去世了，只剩下他自己。夏天的傍晚，他常坐在院门前的石头上，从怀里掏出一张纸，反反复复地看。我们小孩子有时候想凑过去看看纸上写的什么，他便勃然大怒。他很孤僻，几乎不和任何人交往，也不去别人家串门，别人主动和他打招呼，他也是淡淡的。他只对不离身的那张纸有着热情，这让我们有了许多种不同的猜测。

直到他去世的时候，村里人自发地给他料理后事，才从他的衣服口袋里找到那张纸。大家看了后都沉默，那是老人的儿子写给他的一封信，由于年头久了，看的次数多了，字迹模糊，折痕处都快断裂了。信很短，都是一些问候，最后说，他明天就要上前线了。这是他儿子的最后一封信，大家终于知道，老人的儿子，是牺牲在战场上的一名烈士。

想起这几个老人，我总是不能平静，朴素的情感，清澈的美好，永远不会随着光阴而漫漶。就算年迈眼花，就算失去记忆，就算孤独终老，也总会有着一种牵念一种温暖，在心里生长，在岁月里永恒。